朱/自/清/别/集

朱自清 著

陈武 主编

标准与尺度

光明日报出版社

图书在版编目（CIP）数据

标准与尺度 / 朱自清著. -- 北京：光明日报出版
社, 2023.7
（朱自清别集 / 陈武主编）
ISBN 978-7-5194-7350-1

Ⅰ. ①标… Ⅱ. ①朱… Ⅲ. ①杂文集－中国－现代
Ⅳ. ①I266.1

中国国家版本馆CIP数据核字(2023)第124359号

标准与尺度
biaozhun yu chidu

著　者：朱自清	
主　编：陈武	

责任编辑：郭玫君　　　　策　划：崔付建　秦国娟
封面设计：鸿儒文轩　　　责任校对：王　萱
责任印制：曹　净

出版发行：光明日报出版社
地　址：北京市西城区永安路106号，100050
电　话：010-63169890（咨询），010-63131930（邮购）
传　真：010-63131930
网　址：http://book.gmw.cn
E - mail：gmrbcbs@gmw.cn
法律顾问：北京市兰台律师事务所龚柳方律师

印　刷：三河市华东印刷有限公司
装　订：三河市华东印刷有限公司
本书如有破损、缺页、装订错误，请与本社联系调换，电话：010-67019571

开　本：130mm×185mm　　　印　张：8.5
字　数：136千字
版　次：2023年7月第1版
印　次：2023年7月第1次印刷
书　号：ISBN 978-7-5194-7350-1

定　价：48.00元

前　言

　　朱自清出生于 1898 年 11 月 22 日。曾祖父朱子擎原姓余，少年时因家庭发生变故而被绍兴同乡朱姓领养，遂由余子擎改名朱子擎。朱子擎成年后和江苏涟水花园庄富户乔姓人家的女儿成婚并定居于花园庄，儿子出生时，为纪念祖先而起名朱则余。朱则余就是朱自清的祖父，娶当地吴氏女生子朱鸿钧。朱则余在海州做承审官时，朱鸿钧一家随父亲在海州定居生活。在朱自清出生的第四年，即 1901 年，朱鸿钧到高邮邵伯（后归江都）做一名负责收盐税的小官，朱自清随同母亲一起到邵伯生活。1903 年，朱则余从海州任上退休，朱鸿钧在扬州赁屋迎养，从此便定居扬州。1916 年秋，朱自清考入北京大学预科，一年后转读本科哲学系，并于 1920 年 5 月毕业。大学读书期间，朱自清受新思潮的启发和鼓舞，积极参加文学社团，从事文学创作，并全程参与以北京大学为中心的"五四"学生爱国运动。大学毕业后的五年时间里，朱自清一直在江南各地从事中学教学和文学创作，结交了叶圣陶、俞平伯、郑振铎、丰子恺、朱光潜等好友，创作了大量的白话诗、散文和教学随笔，为开辟、发展新文学创作的道路，做出了可喜的成绩和贡献。1925年暑假后，朱自清任清华大学教授，从此开始了一生服务于清华的道路。朱自清的学生季镇淮在纪念朱自清逝世三十周年座谈会上说："清华园确实是先生喜爱的胜地。新的环境安排了新的生活和工作。由于教学的需要，先生开展古代历史文化的研究，对汉字、汉语语法、经史子集、诗文评、小说、歌谣之类，以及外国历史文学，无所不读，无不涉猎研究，'注重新旧文学与中外文学的融合'。而比较集中于中国文学史、中国文学批评史的研究和当代文学评论。"

1937年，"七七"事变爆发，这是中国近代史上的一个转折点，也是朱自清生活的一个节点，随着清华大学的南迁，朱自清也一路迁徙，从长沙到南岳，再到蒙自，再到昆明，一家人分居几处，生活的艰难可想而知。随着抗日战争的不断深入，国民党统治区的物价持续飞涨，朱自清家的生活也陷入了贫困，朱自清的身体健康水平日益恶化。但朱自清在写作、教学和研究中，依然一丝不苟，奋力拼搏，一篇篇散文和研究文章不断见诸报刊，一本本新书不断出版，表现了一个中国作家、学者的韧劲和自觉。

抗日战争胜利后，朱自清于1946年随着清华大学复员而回到北平，朱自清自觉地加入民主运动中去，在研究和写作中体现了正直的知识分子的立场。在贫病交加中，由一个坚定的爱国主义者，成为一个革命民主主义者，签名拒绝领取美国救济粮。朱自清在"美帝国主义和国民党反动派面前站了起来"，表现了有骨气的中国人的传统美德和英雄气概。

朱自清一生所处的时代，是近代中国人民觉醒的时代，也是中国社会发展巨大转折的时代，朱自清没有迷失自我，坚定自己的创作、研究和教学，培养了一大批正直的知识分子和社会建设人才，留下了数百万字的作品，成为中国文化的巨大财富。

在"朱自清别集"编辑过程中，我们以1983年生活·读书·新知三联书店出版的《论雅俗共赏》、1988年江苏教育出版社陆续出版的《朱自清全集》、2011年岳麓书社出版的《语文零拾》《诗言志辨》《标准与尺度》中的部分篇目为底本，对于朱自清文章中的一些异体字和通假字以及原标点等予以照原样保留，比如，"象""底""勒""意""那""气分""甚么""晕黄"等，特此说明。由于编者能力有限，有不足之处，敬请读者指正。

2022 年 8 月

编者

自　序

　　这里收集的是去年复员以来写的一些文章，第一篇《动乱时代》，第二篇《中国学术界的大损失》和末一篇《日常生活的诗》是在成都写的，别的十九篇都是回到北平之后写的。其中从《什么是文学？》到《诵读教学与"文学的国语"》七篇，原是北平《新生报》的《语言与文学》副刊上的"周话"，没有题目，题目在编这本书的时候才加上去。这《语言与文学》副刊，每周一出，是清华大学中国文学会主编的，我原定每期写一段儿关于文学和语言的杂话，叫做"周话"。写了四回，就觉得忙不过来，于是休息一周；等到第二次该休息的时候，索性请了长假，不写了。该是八篇，第一篇实际上是发刊词，没有收在这里。本书收的文章很杂，评论，杂记，书评，书序都有，大部分也许可以算是杂文罢，其中谈文学与语言的占多数。

抗战期中也写过这种短文，起先讨论语文的意义，想写成一部《语文影》，后来讨论生活的片段，又想写成一部《人生一角》，但是都只写了三五篇就搁了笔。叶圣陶先生曾经写信给我，说这些文章青年人不容易看懂。闻一多先生也和我说过那些讨论生活片段的文章，作法有些像诗。我那时写这种短文，的确很用心在节省字句上。复员以来，事情忙了，心情也变了，我得多写些，写得快些，随便些，容易懂些。特别是那几篇"周话"，差不多都是在百忙里逼着赶出来的。还有《论诵读》那篇，写好了寄给沈从文先生，隔了几天他写信来说稿子好像未完，让我去看看。我去看，发见缺了末半叶。沈先生当天就要发稿，让我在他书房里补写那半叶，说写完了就在他家吃午饭。这更是逼着赶了。等我写完，却在沈先生的窗台上发见那缺了的末半叶！沈先生笑着抱歉说，"真折磨了你！"但是补稿居然比原稿详明些，我就用了补稿。可见逼着赶虽然折磨人，也能训练人。经过这一年来的训练，我的笔也许放开了些。不久以前一位青年向我说，他觉得我的文章还是简省字句，不过不难懂。训练大概是有些效验的。

　　这本书取名《标准与尺度》，因为书里有一篇《文学的标准与尺度》，而别的文章，不管论文，论事，论人，论书，也都关涉着标准与尺度。但是这里只是讨论一些旧的标准和新的尺度而已，决非自命在立标准，定尺度。说起《文学的标准和尺度》这篇文，那"标准和尺度"的意念是从叫做《种种标准》(Standards)一本小书来的。我偶然从一位同事的书桌上抓了这本书来读，这是美国勃朗耐尔(W. C. Brownell)作的，一九二五年出版。书里分别的用着"尺度"(Criteria)和"标准"两个词，启发了我，并且给了我自己的这本小书的名字。这也算是"无巧不成书"了。

谢谢原来登载这些短文的刊物，我将这些刊物的名字分别的记在每篇篇尾。谢谢文光书店的陆梦生先生，他肯在这纸荒工贵的时候印出这本书！

朱自清，三十六年十二月，北平清华大学。

目 录
Contents

动乱时代

　　这是一个动乱时代。一切都在摇荡不定之中，一切都在随时变化之中。人们很难计算他们的将来，即使是最短的将来。这使一般人苦闷，这种苦闷或深或浅的笼罩着全中国，也或厚或薄的弥漫着全世界。在这一回世界大战结束的前两年，就有人指出一般人所表示的幻灭感。这种幻灭感到了大战结束后这一年，更显著了；在我们中国尤其如此。

　　中国经过八年艰苦的抗战，一般人都挣扎的生活着。胜利到来的当时，我们喘一口气，情不自禁的在心头描画着三五年后可能实现的一个小康时代。我们也明白太平时代还遥远，所以先只希望一个小康时代。但是胜利的欢呼闪电似的过去了，接着是一阵阵闷雷响着。这个变化太快了，幻灭得太快了，一般人失望之余，不由得感到眼前的动乱的局势好像比抗战期中还要动乱些。再说这动乱是世界性的，像我们中国这样一个国家，大概没有足够的力量来控制这动乱，我们不能计算，甚至也难以估计，这动乱将到何时安定，何时才会出现一个小康时代。因此一般人更深沉的幻灭了。

中国向来有一治一乱相循环的历史哲学。机械的循环论，现代大概很少人相信了，然而广义的看来，相对的看来，治乱的起伏似乎可以说是史实。所谓广义的，是说不限于政治，如经济恐慌，也正是一种动乱的局势；所谓相对的，是说有大治大乱，有小治小乱，各个国家，各个社会的情形不同，却都有它们的治乱的起伏。这里说治乱的起伏，表示人类是在走着曲折的路，虽然走着曲折的路，但是总在向着目标走上前去。我相信人类有目标，因此也有进步。每一回治乱的起伏，清算起来，这里那里多多少少总有些进展的。

但是人们一般都望治而不好乱。动乱时代望小康时代，小康时代望太平时代——真正的"太平"时代，其实只是一种理想。人类向着这个理想曲折的走着，其实只是一种理想。人类向着这个理想曲折的走着，所以曲折，便因为现实与理想的冲突。现实与理想都是人类的创造，在创造的过程中，不免试验与错误，也就不免冲突。现实与现实冲突，现实与理想冲突，理想与理想冲突，样样有。从一方面看，人生充满了矛盾；从另一方面看，矛盾中却也有一致的地方。人类在种种冲突中进展。

动乱时代中冲突更多，人们感觉不安，彷徨，失望，于是乎幻灭。幻灭虽然幻灭，可还得活下去。虽然活下去，可是厌倦着，诅咒着。于是摇头，皱眉毛，"没办法！没办法！"的说着，一天天混过去。可是，这如果是一个常态的中年人，他还有相当的精力，他不会甘心老是这样混过去，他要活得有意思些。他于是颓废——烟，赌，酒，女人，尽情的享乐自己。一面献身于投机事业，不顾一切原则，只要于自己有利就干。反正一切原则都在动摇，谁还怕谁？只要抓住现在，抓住自己，管什么社会国家！古诗道："我躬不阅，遑恤我后！"可以用来形容这些人。

有些人也在幻灭之余活下去，可是憎恶着，愤怒着。他们不怕幻灭，却在幻灭的遗迹上建立起一个新的理想。他们要改造这个国家，要改造这个世界。这些人大概是青年多，青年人精力足，顾虑少，他们讨厌传统，讨厌原则，而现在这些传统这些原则既在动摇之中，他们简直想一脚踢开去。他们要创造新传统，新原则，新中国，新世界。

他们也是不顾一切，却不是只为自己。他们自然也免不了试验与错误。试验与错误的结果，将延续动乱的局势，还是将结束动乱局势？这就要看社会上矫正的力量和安定的力量，也就是说看他们到底抓得住现实还是抓不住。

还有些人也在幻灭之余活下去，可是对现实认识着，适应着。他们渐渐能够认识这个动乱时代，并接受这个动乱时代。他们大概是些中年人，他们的精力和胆量只够守住自己的岗位，进行自己的工作。这些人不甘颓废，可也不能担负改造的任务，只是大时代一些小人物。但是他们谨慎的调整着种种传统和原则，忠诚的保持着那些。那些传统和原则，虽然有些人要踢开去，然而其中主要的部分自有它们存在的理由。因为社会是联贯的，历史是联贯的。一个新社会不能凭空从天上掉下，它得从历来的土壤里长出。社会的安定力固然在基层的衣食住，在中国尤其是农民的衣食住，可是这些小人物对于社会上层机构的安定，也多少有点贡献。他们也许抵不住时代潮流的冲击而终于失掉自己的岗位甚至生命，但是他们所抱持的一些东西还是会存在的。

以上三类人，只是就笔者自己常见到的并且相当知道的说，自然不能包罗一切。但这三类人似乎都是这动乱时代的主要分子。笔者希望由于描写这三类人可以多少说明了这时代的局势。他们或多或少的认识了现实，也或多或少的抓住了现实，那后两类人一方面又都有着或近或远或小或大的理想。有用的是这两类人。那颓废者只是消耗，只是浪费，对于自己，对于社会都如此。那投机者扰害了社会的秩序，而终于也归到消耗和浪费一路上。到处摇头苦脸说着"没办法！"的人不过无益，这些人简直是有害了。改造者自然是时代的领导人，但希望他们不至于操之过切，欲速不达。调整者原来可以与改造者相辅为用，但希望他们不至于保守太过，抱残守阙。这样维持着活的平衡，我们可以希望比较快的走入一个小康时代。

（南京《中央日报》，三十五年）

中国学术界的大损失

——悼闻一多先生

一

闻一多先生在昆明惨遭暗杀，激起全国的悲愤。这是民主运动的大损失，又是中国学术的大损失。关于后一方面，作者知道的比较多，现在且说个大概，来追悼这一位多年敬佩的老朋友。

大家都知道闻先生是一位诗人。他的《红烛》，尤其他的《死水》，读过的人很多。这些集子的特色之一，是那些爱国诗。在抗战以前他也许是唯一的爱国新诗人。这里，可以看出他对文学的态度。新文学运动以来，许多作者都认识了文学的政治性和社会性而有所表现，可是闻先生认识得特别亲切，表现得特别强调。他在过去的诗人中最敬爱杜甫，就因为杜诗政治性和社会性最浓厚。后来他更进一步，注意原始人的歌舞，这是集团的艺术，也是与生活打成一片的艺术。他要的是热情，是力量，是火一样的生命。

但是他并不忽略语言的技巧，大家都记得他是提倡诗的新格律的人，也是创造诗的新格律的人。他创造自己的诗的语言，并且创造自己的散文的语言。诗大家都知道，不必细说；散文如《唐诗杂论》，可惜只有五篇，那经济的字句，那完密而短小的篇幅，简直是诗。我听他近来的演说，有两三回也是这么精悍，字字句句好似称量而出，却又那么自然流畅。他因此也特别能够体会古代语言的曲折处。当然，以上这些都是得靠学力，但是更得靠才气，也就是想象。单就读古书而论，固然得先通文字声韵之学，可是还不够，要没有活泼的想象力，就只能做出点滴的饾饤的工作，决不能融会贯通的。这里需要细心，更需要大胆。闻先生能够体会到古代语言的表现方式，他的校勘古书，有些地方胆大得吓人，但却是细心吟味所得；平心静气读下去，不由人不信。校书本有死校活校之分，他自然是活校，而因为知识和技术的一般进步，他的成就骎骎乎驾活校的高邮王氏父子而上之。

他研究中国古代，可是他要使局部化了石的古代复活在现代人的心目中。因为这古代与现代究竟属于一个社会，一个国家，而历史是联贯的。我们要客观地认识古代；可是，是"我们"在客观地认识古代，现代的我们要能够在心目中想象古代的生活，要能够在心目中分享古代的生活，才能认识那活的古代，也许才是那真的古代——这也才是客观地认识古代。闻先生研究伏羲的故事或神话，是将这神话跟人们的生活打成一片，神话不是空想，不是娱乐，而是人民的生命欲和生活力的表现。这是死活存亡的消息，是人与自然斗争的纪录，非同小可。他研究《楚辞》的神话，也是一样的态度。他看屈原，也将他放在整个时代整个社会里看。他承认屈原是伟大的天才，但天才是活人，不是偶像，只有这么看，屈原的真面目也许才能再现在我们心中。他研究《周易》里的故事，也是先有一整个社会的影像在心里。研究《诗经》也如此，他看出那些情诗里不少歌咏性生活的句子，他常说笑话，说他研究《诗经》，越来越"形而下"了——其实这正表现着生命的力量。

他是有幽默感的人，他的认识古代，有时也靠着这种幽默感。看《匡斋尺牍》里《狼跋》一篇，便知道他能够体会到别人从不曾体会到的古人的幽默感。而所谓"匡斋"

本于匡衡说诗解人颐那句话，正是幽默的意思。他的《死水》里《闻一多先生的书桌》，也是一首难得的幽默的诗。他有着强大的生命力，常跟我们说要活到八十岁，现在还不满四十八岁，竟惨死在那卑鄙恶毒的枪下！有个学生曾瞻仰他的遗体，见他"遍身血迹，双手抱头，全身痉挛"。唉！他是不甘心的，我们也是不甘心的！

（《文艺复兴》，三十五年）

二

闻先生的惨死尤其是中国文学方面一个不容易补偿的损失。

闻先生的专门研究是《周易》，《诗经》，《庄子》，《楚辞》，唐诗，许多人都知道。他的研究工作至少有了二十年，发表的文字虽然不算太多，但积存的稿子却很多。这些并非零散的稿子，大都是成篇的，而且他亲手钞写得很工整。只是他总觉得还不够完密，要再加些工夫才愿意编篇成书。这可见他对于学术忠实而谨慎的态度。

他最初在唐诗上多用力量。那时已见出他是个考据家，并已见出他的考据的本领。他注重诗人的年代和诗的年代。关于唐诗的许多错误的解释与错误的批评，都由于错误的年代。他曾将唐代一部分诗人生卒年代可考者制成一幅图表，谁看了都会一目了然。他是学过图案画的，这帮助他在考据上发现了一种新技术，这技术是值得发展的。但如一般所知，他又是个诗人，并且是个在领导地位的新诗人，他亲自经过创作的甘苦，所以更能欣赏诗人与诗。他的《唐诗杂论》虽然只有五篇，但都是精彩逼人之作。这些不但将欣赏和考据融化得恰到好处，并且创造了一种诗样精粹的风格，读起来句句耐人寻味。

后来他在《诗经》《楚辞》上多用力量。我们知道要了解古代文学，必须从语言下手，就是从文字声韵下手。但必须能够活用文字声韵的种种条例，才能有所创获。闻先生最佩服王念孙父子，常将《读书杂志》《经义述闻》当作消闲的书读着。他在古书通读上有许多惊人而确切的发明。对于甲骨文和金文，也往往有独到之见。他研究《诗经》，注重那时代的风俗和信仰等等；这几年更利用弗洛伊德以及人类学的理论得到一些深入的解释。他对《楚辞》的兴趣似乎更大，而尤集中于其中的神话。他的研究神话，实在给我们学术界开辟了一条新的大路。关于伏羲的故事，他曾将许多神话综合起来，头头是道，创见最多，关系极大。曾听他谈过大概，可惜写出来的还只是一小部分。他研究《周易》，是爱其中的片段的故事，注重的是社会生活经济生活的表现。近三四年他又专力研究《庄子》，探求原始道教的面目，并发见庄子一派政治上不合作的态度。以上种种都跟传统的研究不同：眼光扩大了，深入了，技术也更进步了，更周密了。所以贡献特别多，特别大。近年他又注意整个的中国文学史，打算根据经济史观去研究一番，可惜还没有动手就殉了道。

这真是我们一个不容易补偿的损失啊！

（《国文月刊》，三十五年）

回来杂记

回到北平来，回到原来服务的学校里，好些老工友见了面用道地的北平话道："您回来啦！"是的，回来啦。去年刚一胜利，不用说是想回来的。可是这一年来的情形使我回来的心淡了，想象中的北平，物价像潮水一般涨，整个的北平也像在潮水里晃荡着。然而我终于回来了。飞机过北平城上时，那棋盘似的房屋，那点缀着的绿树，那紫禁城，那一片黄琉璃瓦，在晚秋的夕阳里，真美。在飞机上看北平市，我还是第一次。这一看使我联带的想起北平的多少老好处，我忘怀一切，重新爱起北平来了。

在西南接到北平朋友的信，说生活虽艰难，还不至如传说之甚，说北平的街上还跟从前差不多的样子。是的，北平就是粮食贵得凶，别的还差不离儿。因为只有粮食贵得凶，所以从上海来的人，简直松了一大口气，只说"便宜呀！便宜呀！"我们从重庆来的，却没有这样胃口。再说虽然只有粮食贵得凶，然而粮食是人人要吃日日要吃的。这是一个浓重的阴影，罩着北平的将来。但是现在谁都有点儿且顾眼前，将来？管得它呢！粮食以外，日常生活的必需品，大致看来不算少，不是必需而带点儿古色古香的那就更多。旧家具，小顽意儿，在小市里，地摊上，有得挑选的，价钱合式，有时候并且很贱。这是北平老味道，就是不大有耐心去逛小市和地摊的我，也深深在领略着。从这方面看，北平算得是"有"的都市，西南几个大城比起来真寒碜相了。再去故宫一看，吓，可了不得！虽然曾游过多少次，可是从西南回来这是第一次。东西真多，小市和地摊儿自然不在话下。逛故宫简直使人不想买东西，买来买去，买多买少，算得什么玩意儿！北平真"有"，真"有"它的！

北平不但在这方面和从前一样"有"，并且在整个生活上也差不多和从前一样闲。本来有电车，又加上了公共汽车，然而大家还是悠悠儿的。电车有时来得很慢，要等得很久。从前似乎不至如此，也许是线路加多，车辆并没有比例的加多吧？公共汽车也是来得慢，也要等得久。好在大家有的是闲工夫，慢点儿无妨，多等点时候也无妨。

可是刚从重庆来的却有些不耐烦。别瞧现在重庆的公共汽车不漂亮，可是快，上车，卖票，下车都快。也许是无事忙，可是快是真的。就是在排班等着罢，眼看着一辆辆来车片刻间上满了客开了走，也觉痛快，比望眼欲穿的看不到来车的影子总好受些。重庆的公共汽车有时也挤，可是从来没有像我那回坐宣武门到前门的公共汽车那样，一面挤得不堪，一面卖票人还在中途站从容的给争着上车的客人排难解纷。这真闲得可以。

现在北平几家大型报都有几种副刊，中型报也有在拉人办副刊的。副刊的水准很高，学术气非常重。各报又都特别注重学校消息，往往专辟一栏登载。前一种现象别处似乎没有，后一种现象别处虽然有，却不像这儿的认真——几乎有闻必录。北平早就被称为"大学城"和"文化城"，这原是旧调重弹，不过似乎弹得更响了。学校消息多，也许还可以认为有点生意经，也许北平学生多，这么着报可以多销些？副刊多却决不是生意经，因为有些副刊的有些论文似乎只有一些大学教授和研究院学生能懂。这种论文原应该出现在专门杂志上，但目前出不起专门杂志，只好暂时委屈在日报的余幅上：这在编副刊的人是有理由的。在报馆方面，反正可以登载的材料不多，北平的广告又未必太多，多来它几个副刊，一面配合着这古城里看重读书人的传统，一面也可以镇静镇静这多少有点儿晃荡的北平市，自然也不错。学校消息多，似乎也有点儿配合着看重读书人的传统的意思。研究学术本来要悠闲，这古城里向来看重的读书人正是那悠闲的读书人。我也爱北平的学术空气。自己也只是一个悠闲的读书人，并且最近也主编了一个带学术性的副刊，不过还是觉得这么多的这么学术的副刊确是北平特有的闲味儿。

然而北平究竟有些和从前不一样了。说它"有"罢，它"有"贵重的古董玩器，据说现在主顾太少了。从前买古董玩器送礼，可以巴结个一官半职的。现在据说懂得爱古董玩器的就太少了。礼还是得送，可是上了句古话，什么人爱钞，什么人都爱钞了。这一来倒是简单明了，不过不是老味道了。古董玩器的冷落还不足奇，更使我注意的是中山公园和北海等名胜的地方，也萧条起来了。我刚回来的时候，天气还不冷，有一天带着孩子们去逛北海。大礼拜的，漪澜堂的茶座上却只寥寥的几个人。听隔家茶座的伙计在向一位客人说没有点心卖，他说因为客人少，不敢预备。这些原是中等经济的人物常到的地方，他们少来，大概是手头不宽心头也不宽了吧。

中等经济的人家确乎是紧起来了。一位老住北平的朋友的太太，原来是大家小姐，不会做家里粗事，只会做做诗，画画画。这回见了面，瞧着她可真忙。她告诉我，用人减少了，许多事只得自己干；她笑着说现在操练出来了。她帮忙我捆书，既麻利，也还结实，想不到她真操练出来了。这固然也是好事，可是北平到底不和从前一样了。穷得没办法的人似乎也更多了。我太太有一晚九点来钟带着两个孩子走进宣武门里一个小胡同，刚进口不远，就听见一声"站住！"向前一看，十步外站着一个人，正在从黑色的上装里掏什么，说时迟，那时快，顺着灯光一瞥，掏出来的乃是一把明晃晃的尖刀！我太太大声怪叫，赶紧转身向胡同口跑，孩子们也跟着怪叫，跟着跑。绊了石头，母子三个都摔倒，起来回头一看，那人也转了身向胡同里跑。这个人穿得似乎还不寒碜，白白的脸，年轻轻的。想来是刚走这个道儿，要不然，他该在胡同中间等着，等来人近身再喊"站住！"这也许真是到了无可奈何才来走险的。近来报上常见路劫的记载，想来这种新手该不少罢。从前自然也有路劫，可没有听说这么多。北平是不一样了。

电车和公共汽车虽然不算快，三轮车却的确比洋车快得多。这两种车子的竞争是机械和人力的竞争，洋车显然落后。洋车夫只好更贱卖自己的劳力。有一回雇三轮儿，出价四百元，三轮儿定要五百元。一个洋车夫赶上来说，"我去，我去"。上了车他向我说要不是三轮儿，这么远这个价他是不干的。还有在雇三轮儿的时候常有洋车夫赶上来，若是不理他，他会说"不是一样吗？"可是，就不一样！三轮车以外，自行车也大大的增加了。骑自行车可以省下一大笔交通费。出钱的人少，出力的人就多了。省下的交通费可以帮补帮补肚子，虽然是小补，到底是小补啊。可是现在北平街上可不是闹着顽儿的，骑车不但得出力，有时候还得拼命。按说北平的街道够宽的，可是近来常出事儿。我刚回来的一礼拜，就死伤了五六个人。其中王振华律师就是在自行车上被撞死的。这种交通的混乱情形，美国军车自然该负最大的责任。但是据报载，交通警察也很怕咱们自己的军车。警察却不怕自行车，更不怕洋车和三轮儿。他们对洋车和三轮儿倒是一视同仁，一个不顺眼就拳脚一齐来。曾在宣武门里一个胡同口看见一辆三轮儿横在口儿上和人讲价，一个警察走来，不问三七二十一，抓住三轮车夫一顿拳打脚踢。拳打脚踢倒从来如此，他却骂得怪，他骂道"×你有民主思想的妈妈！"那车夫挨着拳脚不说话，也是从来如此。可是他也怪，到底是三轮车夫罢，在警察去后，却向着背影责问道，"你有权利打人吗？"这儿看出了时代的影子，北平是有点儿晃荡了。

别提这些了，我是贪吃得了胃病的人，还是来点儿吃的。在西南大家常谈到北平的吃食，这呀那的，一大堆。我心里却还惦记一样不登大雅的东西，就是马蹄儿烧饼夹果子。那是一清早在胡同里提着筐子叫卖的。这回回来却还没有吃到。打听住家人，也说少听见了。这马蹄儿烧饼用硬面做，用吊炉烤，薄薄的，却有点儿韧，夹果子（就是脆而细的油条）最是相得益彰，也脆，也有咬嚼，比起有心子的芝麻酱烧饼有意思得多。可是现在劈柴贵了，吊炉少了，做马蹄儿并不能多卖钱，谁乐意再做下去！于是大家一律用芝麻酱烧饼来夹果子了。芝麻酱烧饼厚，倒更管饱些。然而，然而不一样了。

（《大公报》，三十五年）

文学的标准与尺度

我们说"标准",有两个意思。一是不自觉的,一是自觉的。不自觉的是我们接受的传统的种种标准。我们应用这些标准衡量种种事物种种人,但是对这些标准本身并不怀疑,并不衡量,只照样接受下来,作为生活的方便。自觉的是我们修正了的传统的种种标准,以及采用的外来的种种标准。这种种自觉的标准,在开始出现的时候大概多少经过我们的衡量,而这种衡量是配合着生活的需要的。本文只称不自觉的种种标准为"标准",改称种种自觉的标准为"尺度",来显示这两者的分别。"标准"原也离不开尺度,但尺度似乎不像标准那样固定,近来常说"放宽尺度",既然可以"放宽",就不是固定的了。这种"标准"和"尺度"的分别,在一个变得快的时代最容易觉得出,在道德方面在学术方面如此,在文学方面也如此。

中国传统的文学以诗文为正宗，大多数出于士大夫之手。士大夫配合君主掌握着政权。做了官是大夫，没有做官是士；士是候补的大夫。君主士大夫合为一个封建集团，他们的利害是共同的。这个集团的传统的文学标准，大概可用"儒雅风流"一语来代表。载道或言志的文学以"儒雅"为标准，缘情与隐逸的文学以"风流"为标准。有的人"达则兼济天下，穷则独善其身"，表现这种情志的是载道或言志，这个得有"正其谊不谋其利，明其道不计其功"的抱负，得有"怨而不怒""温柔敦厚"的涵养，得有"熔经铸史""含英咀华"的语言。这就是"儒雅"的标准。有的人纵情于醉酒妇人，或寄情于田园山水，表现这种种情志的是缘情或隐逸之风。这个得有"妙赏""深情"和"玄心"，也得用"含英咀华"的语言。这就是"风流"的标准。（关于"风流"的解释，用冯友兰先生语，见《论风流》一文中。）

在现阶段看整个的传统的文学，我们可以说"儒雅风流"是标准。但是看历代文学的发展，中间还有许多变化。即如诗本是"言志"的，陆机却说"诗缘情而绮靡"。"言志"其实就是"载道"，与"缘情"不大相同。陆机实在是用了新的尺度。"诗言志"这一个语在开始出现的时候，原也是一种尺度；后来得到公认而流传，就成为一种标准。说陆机用了新的尺度，是对"诗言志"那个旧尺度而言。这个新尺度后来也得到公认而流传，成为又一种标准。又如南朝文学的求新，后来文学的复古，其实都是在变化，在变化的时候也都是用着新的尺度。固然这种新尺度大致只伸缩于"儒雅"和"风流"两种标准之间，但是每回伸缩的长短不同，疏密不同，各有各的特色。文学史的扩展从这种种尺度里见出。

这种尺度表现在文论和选集里，也就是表现在文学批评里。中国的文学批评以各种形式出现。魏文帝的"论文"是在一般学术的批评的《典论》里，陆机《文赋》也许可以说是独立的文学批评的创始，他将文作为一个独立的课题来讨论。此后有了选集，这里面分别体类，叙述源流，指点得失，都是批评的工作。又有了《文心雕龙》和《诗品》两部批评专著。还有史书的文学传论，别集的序跋和别集中的书信。这些都是比较有系统的文学批评，各有各的尺度。这些尺度有的依据着"儒雅"那个标准，结果就是复古的文学，有的依据着"风流"那个标准，结果就是标新的文学。但是所谓复古，其实也还是求变化求新异，韩愈提倡古文，却主张务去陈言，戛戛独造，是最显著的例子。古文运动从独造新语上最见出成绩来。胡适之先生说文学革命都从文字或文体的解放开始，是有道理的，因为这里最容易见出改变了的尺度。现代语体文学是标新的，不是复古的，却也可以说是从文字或文体的解放开始；就从这语体上，分明的看出我们的新尺度。

这种语体文学的尺度，如一般人所公认，大部分是受了外国的影响，就是依据着种种外国的标准。但是我们的文学史中原也有这样一股支流，和那正宗的或主流的文学由分而合的相配而行。明代的公安派和竟陵派自然是这支流的一段，但这支流的渊源很古久，截取这一段来说是不正确的。汉以前我们的言和文比较接近，即使不能说是一致。从孔子"有教无类"起，教育渐渐开放给平民，受教育的渐渐多起来。这种受了教育的人也称为"士"，可是跟从前贵族的士不同，这些只是些"读书人"。士的增多影响了语言和文体，话要说得明白，说得详细，当时的著述是说话的记录，自然也是这样。这里面该有平民语调的参入，虽然我们不能确切的指出。汉代辞赋发达，主要的作为宫廷文学；后来变为远于说话的骈俪的体制，士大夫就通用这种体制。可是另一方面，游历了通都大邑名山大川的司马迁，却还用那近乎说话的文体作《史记》，古里古怪的扬雄跟"问孔""刺孟"的王充，也还用这种文体作《法言》和《论衡》，而乐府诗来自民间，不用问更近于说话。可见这种文体是废不掉的。就是骈俪文盛行的时代，也还有《世说新语》，记录那时代的说话。到了唐代的韩愈，提倡"气盛言宜"的古文，"气盛言宜"就是说话的调子，至少是近于说话的调子，还有语录和笔记，起于唐而盛于宋，还有来自民间的词，这些也都用着说话或近于说话的调子。东汉以来逐渐建立起来的门阀，到了唐代中叶垮了台，"寻常百姓"的士又增多起来，加上宋代印刷和教育的发达，所以那种详明如话的文体就大大的发达了。到了元明两代，又有了戏曲和小说，更是以说话体就是语体为主。公安派竟陵派接受了这股支派，努力想将它变成主流，但是这一个尝试失败了。直到现在，一个新的尝试才完成了语体文学，新文学，也就是现代文学。

从以上一段语体文学发展的简史里可以看出种种伸缩的尺度。这些尺度大体上固然不出乎"儒雅"和"风流"那两个标准，可是像语录和笔记，有些恐怕只够"儒"而不够"雅"，有些恐怕既不够"儒"也不够"雅"，不够"雅"因为用俗语或近乎俗语，不够"儒"因为只是一些细事，无关德教，也与风流不相干。汉乐府跟《世说新语》

也用俗语，虽然现在已将那些俗语看作了古典。戏曲和小说有的别忠奸，寓劝惩，叙风流，固然够得上标准，有的却不够儒雅，不算风流。在过去的文学传统里，这两种本没有地位，所谓不在话下。不过我们现在得给这些不够格的分别来个交代。我们说戏曲和小说可以见人情物理，这可以叫做"观风"的尺度，《礼记》里说诗可以"观民风"，可以观风，也就拐了弯儿达到了"儒雅"那个标准。戏曲和小说不但可以观民风，还可以观士风，而观风就是写实，就是反映社会，反映时代。这是社会的描写，时代的记录。在我们看来，用不着再绕到"儒雅"那个标准之下，就足够存在的理由了。那些无关政教也不算风流的笔记，也可以这么看。这个"人情物理"或"观风"的尺度原是依据了"儒雅"那个标准定出来的。可是唐代中叶以后，这个尺度似乎已经暗地里独立运用，这已经不是上德化下的尺度而是下情上达的尺度了。人民参加着定了这个尺度，而俗语的参入文学，正与这个尺度配合着。

说是人民参加着订定文学的尺度，如上文所提到的，该起于春秋末年贵族渐渐没落平民渐渐兴起的时候。这些受了教育的平民加入了统治集团，多少还带着他们的情感和语言。这种新的士流日渐增加，自然就影响了文化的面目乃至精神。汉乐府的搜集与流行，就在这样氛围之中。韩诗解《伐木》一篇说到"饥者歌其食，劳者歌其事"。"饥者歌其食，劳者歌其事"正是"人情物理"，正是"观风"；这说明了三百篇诗的一些诗，也说明了乐府里的一些诗。"饥者歌其食，劳者歌其事"，自然周代的贵族也会如此的，可是这两句带着浓重的平民的色彩；配合着语言的通俗，尤其可以见出。这就是前面说的"参加"，这参加倒是不自觉的。但那"人情物理"或"观风"的尺度的订定却是自觉的。汉以来的社会是士民对立，同时也是士民流通。《世说新语》里记录一些俗语，取其自然。在"风流"的标准下，一般的固然以"含英咀华"的语言为主，但是到了这时代稍加改变，取了"自然"这个尺度，也不足为怪的。

唐代中叶以后，士民间的流通更自由了，士人更多了。于是乎"人情物理"的著作也更多。元代蒙古人压迫汉人，士大夫的地位降低下去。真正领导文坛的是一些吏人以及"书会先生"。他们依据了"人情物理"的尺度作了许多戏曲，明代士大夫的地位高了些，但是还在暴君压制之下。他们这时却恢复了文坛的领导权，他们可也在作戏曲，并且在提倡小说，作小说了。公安派竟陵派就是受了这种风气的影响而形成的。清代士大夫的地位又高了些，但是又在外族统治之下，还不能恢复元代以前的地位。他们也在作戏曲和小说，可是戏曲和小说始终还是小道，不能跟诗文并列为正宗。"人情物理"还是一种尺度，不能成为标准。但是平民对文学的影响确乎渐渐在扩大。原来士民的对立并不是严格的。尤其在文学上，平民所表现的生活还是以他们所"不能至而心向往之"的士大夫生活为标准。他们受自己的生活折磨够了，只羡慕着士大夫的生活，可又只能耐着苦羡慕着，不知道怎样用行动去争取，至多是表现在他们的文学就是民间文学里，低级趣味是免不了的，但那时他们的理想是爬上高处去。这样，士大夫的文学接受他们的影响，也算是个顺势。虽然"人情物理"和"通俗"到清代还没有成为标准，可是"自然"这尺度从晋代以来已渐渐成为一种标准。这究竟显出人民的力量。

大清帝国改了中华民国，新文化运动新文学运动配合着五四运动划出了一个新时代。大家拥戴的是"德先生"和"赛先生"，就是民主与科学。但是实际上做到的是打倒礼教也就是反封建的工作。反封建解放了个人，也发现了民众，于是乎有了个人主义和人道主义，前者是实践，后者还是理论。这里得指出在那个阶段上，我们是接受了种种外国标准，而向现代化进行着。这时的社会已经不是士民的对立，而是封建的军阀官僚和人民的对立。从清末开设学校，受教育的人大量增多。士或读书人渐渐变了质，到这时一部分成为军阀和官僚的帮闲，大部分却成了游离的知识阶级。知识阶级从军阀和官僚独立，却还不能跟民众联合起来，所以游离着。这里面大部分是青年学生。这时候的文学是语体文学，开始似乎是应用着"人情物理""通俗"那两个尺度以及"自然"那个标准。然而"人情物理"变了质成为"打倒礼教"就是"反封建"也就是"个人主义"这个标准，"通俗"和"自然"也让步给那"欧化"的新尺度，这"欧化"的尺度后来并且也成了标准。用欧化的语言表现个人主义，顺带着人道主义，是这时期知识阶级向着现代化的路。

五卅运动接着国民革命，发展了反帝国主义运动，于是"反帝国主义"也成了文学的一种尺度。抗战起来了，"抗战"立即成了一切的标准，文学自然也在其中。胜利却带来了一个动乱时代，民主运动发展，"民主"成了广大应用的尺度，文学也在其中。这时候知识阶级渐渐走近了民众，"人道主义"那个尺度变质成为"社会主义"的尺度，"自然"又调剂着"欧化"，这样与"民主"配合起来。但是实际上做到的还只是暴露丑恶和斗争丑恶。这是向着新社会发脚的路。受教育的越来越多，这条路上的人也将越来越多，文学终于要配合上那新的"民主"的尺度向前迈进的。大概文学的标准和尺度的变换，都与生活配合着，采用外国的标准也如此。表面上好像只是求新，其实求新是为了生活的高度、深度或广度。社会上存在着特权阶级的时候，他们只见到高度和深度，特权阶级垮台以后，才能见到广度。从前有所谓雅俗之分，现在也还有低级趣味，就是从高度、深度来比较的。可是现在渐渐强调广度，去配合着高度、深度，普及同时也提高，这才是新的"民主"的尺度。要使这新尺度成为文学的新标准，还有待于我们自觉的努力。

（《大公报》，三十六年）

论严肃

新文学运动的开始，斗争的对象主要的是古文，其次是"礼拜六"派或鸳鸯蝴蝶派的小说，又其次是旧戏，还有文明戏。他们说古文是死了。旧戏陈腐，简单，幼稚，嘈杂，不真切，武场更只是杂耍，不是戏。而鸳鸯蝴蝶派的小说意在供人们茶余酒后消遣，不严肃，文明戏更是不顾一切的专迎合人们的低级趣味。白话总算打倒了古文，虽然还有些肃清的工作，话剧打倒了文明戏，可是旧戏还直挺挺的站着，新歌剧还在难产之中。鸳鸯蝴蝶派似乎也打倒了，但是又有所谓"新鸳鸯蝴蝶派"。这严肃与消遣的问题够复杂的，这里想特别提出来讨论。

照传统的看法，文章本是技艺，本是小道，宋儒甚至于说"作文害道"。新文学运动接受了西洋的影响，除了解放文体以白话代古文之外，所争取的就是这文学的意念，也就是文学的地位。他们要打倒那"道"，让文学独立起来。所以对"文以载道"说加以无情的攻击。这"载道"说虽然比"害道"说温和些，可是文还是道的附庸。照这一说，那些不载道的文就是"玩物丧志"。玩物丧志是消遣，载道是严肃。消遣的文是技艺，没有地位，载道的文有地位了，但是那地位是道的，不是文的——若单就文而论，它还只是技艺，只是小道。新文学运动所争的是，文学就是文学，不干道的事，它是艺术，不是技艺，它有独立存在的理由。

在中国文学的传统里，小说和词曲（包括戏曲）更是小道中的小道，就因为是消遣的，不严肃。不严肃也就是不正经，小说通常称为"闲书"，不是正经书。词为"诗余"，曲又是"词余"，称为"余"当然也不是正经的了。鸳鸯蝴蝶派的小说意在供人们茶余酒后消遣，倒是中国小说的正宗。中国小说一向以"志怪""传奇"为主。"怪"和"奇"都不是正经的东西。明朝人编的小说总集有所谓"三言二拍"。"二拍"是初刻和二刻的《拍案惊奇》，重在"奇"得显然。"三言"是《喻世明言》《警世通言》《醒世恒言》，虽然重在"劝俗"，但是还是先得使人们"惊奇"，才能收到"劝俗"的效果，所以后来有人从"三言二拍"里选出若干篇另编一集，就题为《今古奇观》，还是归到"奇"上。这个"奇"正是供人们茶余酒后消遣的。

明清的小说渊源于宋朝的"说话"，"说话"出于民间。词曲（包括戏曲）原也出于民间。民间文学是被压迫的人民苦中作乐，忙里偷闲的表现，所以常常扮演丑角，嘲笑自己或夸张自己，因此多带着滑稽和诞妄的气氛，这就不正经了。在中国文学传统自己的范围里，只有诗文（包括赋）算是正经的，严肃的，虽然放在道统里还只算是小道。词经过了高度的文人化，特别是清朝常州派的努力，总算带上一些正经面孔了，小说和曲（包括戏曲）直到新文学运动的前夜，却还是丑角打扮，站在不要紧的地位。固然，小说早就有劝善惩恶的话头，明朝人所谓"喻世"等等，更特别加以强调。这也是在想"载道"，然而"奇"胜于"正"，到底不成。明朝公安派又将《水浒》比《史记》，这是从文章的"奇变"上看，可是文章在道统里本不算什么，"奇变"怎么能扯得上"正经"呢？然而看法到底有些改变了。到了清朝末年，梁启超先生指出了"小说与群治之关系"，并提倡实践他的理论的创作。这更是跟新文学运动一脉相承了。

新文学运动以斗争的姿态出现，它必然是严肃的。他们要给白话文争取正宗的地位，要给文学争取独立的地位。而鲁迅先生的第一篇小说《狂人日记》里喊出了"吃人的礼教"和"救救孩子"，开始了反封建的工作。他的《随感录》又强烈的讽刺着老中国的种种病根子。一方面人道主义也在文学里普遍的表现着。文学担负起新的使命；配合了五四运动，它更跳上了领导的地位，虽然不是唯一的领导的地位。于是文学有了独立存在的理由，也有了新的意念。在这情形下，词曲升格为诗，小说和戏曲也升格为文学。这自然接受了"外国的影响"，然而这也未尝不是"载道"，不过载的是新的道，并且与这个新的道合为一体，不分主从。所以从传统方面看来，也还算是一脉相承的。一方面攻击"文以载道"，一方面自己也在载另一种道，这正是相反相成，所谓矛盾的发展。

创造社的浪漫的感伤的作风，在反封建的工作之下要求自我的解放，也是自然的趋势。他们强调"动的精神"，强调"灵肉冲突"，是依然在严肃的正视着人生的。然而礼教渐渐垮了，自我在第一次世界大战带给中国的暂时的繁荣里越来越大了，于是乎知识分子讲究生活的趣味，讲究个人的好恶，讲究身边琐事，文坛上就出现了"言志派"，其实是玩世派。更进一步讲究幽默，为幽默而幽默，无意义的幽默。幽默代替了严肃，文坛上一片空虚。一方面色情的作品也抬起了头，凭着"解放"的名字跨过了"健康"的边界，自然也跨过了"严肃"的边界。然而这空虚只是暂时的，正如那繁荣是暂时的。五卅事件掀起了反帝国主义的大潮，时代又沉重起来了。

接着是国民革命，接着是左右折磨；时代需要斗争，闲情逸致只好偷偷摸摸的。这时候鲁迅先生介绍了"一面是严肃与工作，一面是荒淫与无耻"这句话。这是时代的声音。可是这严肃是更其严肃了，单是态度的严肃，艺术的严肃不成，得配合工作，现实的工作。似乎就在这当儿有了"新鸳鸯蝴蝶派"的名目，指的是那些尽在那儿玩味自我的作家。他们自己并不觉得在消遣自己，跟旧鸳鸯蝴蝶派不同。更不同的是时代，是时代缩短了那"严肃"的尺度。这尺度还在争议之中，劈头来了抗战，一切是抗战，抗战自然是极度严肃的。可是八年的抗战太沉重了，这中间不免要松一口气，这一松，尺度就放宽了些，文学带着消消遣，似乎也是应该的。

胜利突然而来，时代却越见沉重了。"人民性"的强调，重行紧缩了"严肃"那尺度。这"人民性"也是一种道。到了现在，要文学来载这种道，倒也是"势有必至，理有固然"。不过太紧缩了那尺度，恐怕会犯了宋儒"作文害道"说的错误，目下黄色和粉色刊物的风起云涌，固然是动乱时代的颓废趋势，但是正经作品若是一味讲究正经，只顾人民性，不管艺术性，死板板的长面孔教人亲近不得，读者们恐怕更会躲向那些刊物里去。这是运用"严肃"的尺度的时候值得平心静气算计算计的。

（《中国作家》，三十六年）

论通俗化

文体通俗化运动起于清朝末年。那时维新的士人急于开通民智，一方面创了报章文体，所谓"新文体"，给受过教育的人说教，一方面用白话印书办报，给识得些字的人说教，再一方面推行官话字母等给没有受过教育的人说教。前两种都是文体的通俗化，后一种虽然注重在新的文字，但就写成的文体而论，也还是通俗化。

这种用字母拼写的文体，在当时所能表现的题材大概是有限的。据记载，这种字母的确曾经深入农村，农民会用字母来写便条，那大概是些很简单的话。最复杂的自然的"新文体"，可是通俗性大概也就比较的最小。居中的是那些白话书报。这种白话我看到的不多，就记得的来说，好像明白详尽，老老实实，直来直去。好像从语录和白话小说化出，我们这些人读起来大概没有什么味儿。

原来这种白话只是给那些识得些字的人预备的，士人们自己是不屑用的。他们还在用他们的"雅言"，就是古文，最低限度也得用"新文体"；俗语的白话只是一种慈善文体罢了。然而革命了，民国了，新文学运动了，胡适之先生和陈独秀先生主张白话是正宗的文学用语，大家该一律用白话作文，不该有士和民的分别。五四运动加速了新文学运动的成功，白话真的成为正宗的文学用语。而"新文体"也渐渐的在白话化，留心报纸的文体就可以知道。"一律用白话来作文"的日子大概也不远了。

　　胡先生等提倡的白话，大概还是用语录和白话小说等做底子，只是这时代的他们接受了西化，思想精密了，文章也简洁了。他们将雅俗一元化，而注重在"明白"或"懂得性"上，这也可以说是平民化。然而"欧化"来了，"新典主义"来了。这配合着第一次世界大战给中国带来的暂时的繁荣，和在这繁荣里知识阶级生活欧化或现代化的趋向，也是"势有必至，理有固然"。于是乎已故的宋阳先生指出这是绅士们的白话，他提倡"大众语"，这当儿更有人提倡拼音的"新文字"。这不是通俗化而是大众化。而大众就是大众，再没有"雅"的份儿。

　　然而那时候这还只能够是理想，大众不能写作，写作的还只是些知识分子。于是乎先试验着从利用民间的旧形式下手，抗战后并且有过一回民族形式的讨论。讨论的结果似乎是：民族形式可以利用，但是还接受"五四"的文学传统，还容许相当的欧化。这时候又有人提倡"通俗文学"，就是利用民族形式的文学。不但提倡，并且写作。参加的人有些的确熟悉民族形式，认真的做去。但是他们将通俗文学和一般文学分开，不免落了"雅俗"的老套子。于是有人指出，通俗文学的目标该是一元的，扬弃知识阶级的绅士身份，提高大众的鉴赏水准。这样打成一片，平民化，大众化。

但是说来容易做来难。民间文学虽然有天真、朴素、健康等长处，却也免不了丑角气氛，套语烂调，琐屑啰唆等毛病。这是封建社会麻痹了民众才如此的。利用旧形式而要免去这些毛病，的确很难。除非民众的生活大大的改变，他们自己先在旧瓶里装上新酒，那么用起旧形式来意义才会不同。这自然还是从知识分子方面看，因为从民众里培养出作家，现在还只是理想。不过就是民众生活改变了，知识分子还得和他们共同生活一个时期，多少打成一片，用起旧形式来，才能有血有肉。所以真难。

再说普通所谓旧形式，大概指的是韵文，散文似乎只是说书，这就是说散文是比较的不发达的。原来民众欣赏文艺，一向以音乐性为主，所以对韵文的要求大。他们要故事，但是情节得简单，得有头有尾。描写不要精细曲折，可是得详尽，得全貌。这两种要求并不冲突，因为情节尽管简单，每一个情节或人物还不妨详尽的描写。至于整个故事组织不匀称，他们倒不在乎的。韵文故事如此，散文的更得如此，这就难。

然而有些地方的民众究竟大变了，他们自己先在旧瓶里装上新酒，例如赵树理先生《李有才板话》里的那些段"快板"的语句。这些快板也许多少经过赵先生的润色，但是相信他根据的，原来就已经是旧瓶里的新酒。有了那种生活，才有那种农民，才有那种快板，才有快板里那种新的语言。赵先生和那些农民共同生活了很久，也才能用新的语言写出书里的那些新的故事。这里说"新的语言"，因为快板和那些故事的语言或文体都尽量扬弃了民族形式的封建气氛，而采取了改变中的农民的活的口语。自己正在觉醒的人民，特别宝爱自己的语言，但是李有才这些人还不能自己写作，他们需要赵先生这样的代言人。

书里的快板并不多，是以散文为主。朴素，健康，而不过火，确算得新写实主义的作风。故事简单，有头有尾，有血有肉。描写差不多没有，偶然有，也只就那农村生活里取喻，简截了当，可是新鲜有味。另有长篇《李家庄的变迁》，也是赵先生写的。周扬先生认为赶不上《板话》里那些短篇完整。这里有了比较详尽的描写，故事也有头有尾，虽然不太简单，可是作者利用了重复的手法，就觉得也还单纯。这重复的手法正是主要的民族形式，作者能够活用，就不腻味。而全书文体或语言还能够庄重，简明，不啰唆。这也就不易了。这的确是在结束通俗化而开始了大众化。

（《燕京新闻》，三十六年）

论标语口号

　　许多人讨厌标语口号，笔者也是一个。可是从北伐到现在二十多年了，标语口号一直流行着；虽然小有盛衰，可是一直流行着。现在标语口号是显然又盛起来了。这值得我们想想，为什么会如此呢？是一般人爱起哄吗，还是标语口号的确有用，非用不可呢？

　　标语口号的办法虽然是外来的，然而在我们的文化传统里也未尝没有根据。我们说"登高一呼，群山四应"，说"大声疾呼"，说"发聋振聩"，都指先知先觉或志士仁人而言，近代又说"唤醒人民""唤起民众"，更强调了人民或民众。这里的"呼"和"唤"，正是一种口号，为的是"发聋振聩"，是"群山四应"（这是一个比喻，就是众人四应），是人民的觉醒与起来。这"呼"和"唤"是一种领导作用，领导着人们行动，向着某一些目的。这是由上而下的。《孟子》引《尚书》的《汤誓篇》，说夏桀的时候，人民怨恨那暴政，喊出"时日害丧，予及汝皆亡！"孟子说"民欲与之皆亡"，是不错的。用现在的话，就是"太阳啊，你灭亡罢！我们一块儿灭亡罢！"这是反抗的口号，是由下而上的。

我们向来没有"标语"这个名称，但是有格言，有名言。格言常常用作修养的标准，就是为学与做人的标准，如"一寸光阴一寸金"（抗战期中"一滴汽油一滴血"的标语就是套的这个调子）之类。"名言"这个名称是笔者暂定的，指的是"饿死事小，失节事大"乃至"天下兴亡，匹夫有责"这一类的话；这些话常常用作批评的标准，就是论人论事的标准。格言偏重个人的修养，名言的作用似乎广泛些，所以另给加上这个"名言"的名目。格言也罢，名言也罢，作用其实都在指示人们行动，向着某一些目的。现在的标语也正是如此，格言常常写来贴在墙上，更和标语近些。但是格言和名言似乎都只是由上而下的。封建时代在下的农民地位是那么低，知识是那么浅，他们的话难得见于记载，更不必提人"格"和成"名"了，没有他们的份儿，也是自然的。

然而先知先觉或志士仁人是寥寥可数的，就是近代，说清末罢，在做唤醒或唤起人民的工作的也还不算多。一方面格言名言都经过相当的时间的淘汰，才见出分量，也就不会太多，更重要的是，这一切都拿一个个的人做对象。"群山四应"是一个峰一个峰也就是一个人一个人在那儿应，"唤醒"或"唤起"的，是一个个的人民或民众的一个个人，总之还没有明朗的集体的意念。现代标语口号却以集体为主，集体的贴标语喊口号，拿更大的集体来做对象。不但要唤醒集体的人群或民众起来行动，并且要帮助他们组织起来。标语口号往往就是这种集体运动的纲领。集体的力量渐渐发展，广大的下层民众也渐渐有了地位。标语口号有些是代他们说的，也未尝没有他们自己说的。于是乎标语口号多起来了，也就不免滥起来了。

　　集体的力量的表现，往往不免骚动或动乱，足以打搅多少时间的平静，而对于个人，这种力量又往往是一种压迫，足以妨碍自由。知识分子一般是爱平静爱自由的个人主义者，一时自然不容易接受这种表现，因此对目见耳闻的标语口号就不免厌烦起来。再说格言和名言是理智的结晶，作用在"渐"，标语口号多而且滥，以激动情感为主，作用在"顿"，跟所谓"登高一呼""大声疾呼"也许相近些。冷静惯了的知识分子不免觉得这是起哄，这是叫嚣，这是符咒，这是语文的魔术。然而这里正见出了标语口号的力量。人们要求生存，要求吃饭，怎么能单怪他们起哄或叫嚣呢？"符咒"也罢，"魔术"也罢，只要有效，只要能以达到人们的要求，达成人们的目的，也未尝不好。况且标语口号是有意义可解的，跟符咒和魔术的全凭迷信的究竟不同。古语说"口诛笔伐"，口和笔本来可以用来做战斗的武器，标语口号正是战斗的武器啊。

但是标语口号既然多而且滥，就不免落套子，就不免公式化，因此让人们觉得没分量，不值钱。公式化足以麻痹集体的力量，但是在集体的表现里，这也是不可免的。这个需要有经验的领导，有经验的宣传家来指示，来帮助。标语口号虽然要激动情感，可是标语口号的提出和制造，不该只是情感的爆发，该让理智控制着。标语口号要简单直截，如"打倒军阀""打倒帝国主义""抗战到底"乃至现在流行的"我们要吃饭"等。这些还有一层好处，就是贴出也成，喊出也成。真简截的标语口号，该都可以两用。但是像"饥饿事大，读书事小"这标语，虽然不宜于喊出，因为太文了，不够直截，可是套了"饿死事小，失节事大"那句过了时的名言，一面讽刺了道学家，一面强调了饥饿的现实性，也足以让知识分子大家仔细想想。

标语口号用在战斗当中，有现实性是必然的，但是由于认识的足够与否，表达出来的现实性也有多有少。不过标语口号有些时候竟用来装点门面，在当事人随意的写写叫叫，只图个好看好听。其实这种不由衷的语句，这种口是心非的呼声，终于是不会有人去看去听的，看了听了也只是个讨厌。古人说"修辞立其诚"，标语口号要发生领导群众的作用，众目所视，众手所指，有一丝一毫的不诚都是遮掩不住的。大家最讨厌的其实就是这种已经失掉标语口号性的标语口号，却往往连累了别种标语口号，也不分皂白的讨厌起来，这是不公道的。我们这些知识分子现在虽然还未必能够完全接受标语口号这办法，但是标语口号有它们存在的理由，我们是该去求了解的。

（《知识与生活》，三十六年）

论气节

气节是我国固有的道德标准，现代还用着这个标准来衡量人们的行为，主要的是所谓读书人或士人的立身处世之道。但这似乎只在中年一代如此，青年代倒像不大理会这种传统的标准，他们在用着正在建立的新的标准，也可以叫做新的尺度。中年代一般的接受这传统，青年代却不理会它，这种脱节的现象是这种变的时代或动乱时代常有的。因此就引不起什么讨论。直到近年，冯雪峰先生才将这标准这传统作为问题提出，加以分析和批判，这是在他的《乡风与市风》那本杂文集里。

冯先生指出"士节"的两种典型：一是忠臣，一是清高之士。他说后者往往因为脱离了现实，成为"为节而节"的虚无主义者，结果往往会变了节。他却又说"士节"是对人生的一种坚定的态度，是个人意志独立的表现。因此也可以成就接近人民的叛逆者或革命家，但是这种人物的造就或完成，只有在后来的时代，例如我们的时代。冯先生的分析，笔者大体同意；对这个问题笔者近来也常常加以思索，现在写出自己的一些意见，也许可以补充冯先生所没有说到的。

气和节似乎原是两个各自独立的意念。《左传》上有"一鼓作气"的话，是说战斗的。后来所谓"士气"就是这个气，也就是"斗志"，这个"士"指的是武士。孟子提倡的"浩然之气"，似乎就是这个气的转变与扩充。他说"至大至刚"，说"养勇"，都是带有战斗性的。"浩然之气"是"集义所生"，"义"就是"有理"或"公道"。后来所谓"义气"，意思要狭隘些，可也算是"浩然之气"的分支。现在我们常说的"正义感"，虽然特别强调现实，似乎也还可以算是跟"浩然之气"联系着的。至于文天祥所歌咏的"正气"，更显然跟"浩然之气"一脉相承。不过在笔者看来两者却并不完全相同，文氏似乎在强调那消极的节。

节的意念也在先秦时代就有了，《左传》里有"圣达节，次守节，下失节"的话。古代注重礼乐，乐的精神是"和"，礼的精神是"节"。礼乐是贵族生活的手段，也可以说是目的。他们要定等级，明分际，要有稳固的社会秩序，所以要"节"，但是他们要统治，要上统下，所以也要"和"。礼以"节"为主，可也得跟"和"配合着；乐以"和"为主，可也得跟"节"配合着。节跟和是相反相成的。明白了这个道理，我们可以说所谓"圣达节"等等的"节"，是从礼乐里引申出来成了行为的标准或做人的标准；而这个节其实也就是传统的"中道"。按说"和"也是中道，不同的是"和"重在合，"节"重在分；重在分所以重在不犯不乱，这就带上消极性了。

向来论气节的，大概总从东汉末年的党祸起头。那是所谓处士横议的时代。在野的士人纷纷的批评和攻击宦官们的贪污政治，中心似乎在太学。这些在野的士人虽然没有严密的组织，却已经在联合起来，并且博得了人民的同情。宦官们害怕了，于是乎逮捕拘禁那些领导人。这就是所谓"党锢"或"钩党"，"钩"是"钩连"的意思。从这两个名称上可以见出这是一种群众的力量。那时逃亡的党人，家家愿意收容着，所谓"望门投止"，也可以见出人民的态度，这种党人，大家尊为气节之士。气是敢作敢为，节是有所不为——有所不为也就是不合作。这敢作敢为是以集体的力量为基础的，跟孟子的"浩然之气"与世俗所谓"义气"只注重领导者的个人不一样。后来宋朝几千大学生请愿罢免奸臣，以及明朝东林党的攻击宦官，都是集体运动，也都是气节的表现。但是这种表现里似乎积极的"气"更重于消极的"节"。

在专制时代的种种社会条件之下，集体的行动是不容易表现的，于是士人的立身处世就偏向了"节"这个标准。在朝的要做忠臣。这种忠节或是表现在冒犯君主尊严的直谏上，有时因此牺牲性命；或是表现在不做新朝的官甚至以身殉国上。忠而至于死，那是忠而又烈了。在野的要做清高之士，这种人表示不愿和在朝的人合作，因而游离于现实之外；或者更逃避到山林之中，那就是隐逸之士了。这两种节，忠节与高节，都是个人的消极的表现。忠节至多造就一些失败的英雄，高节更只能造就一些明哲保身的自了汉，甚至于一些虚无主义者。原来气是动的，可以变化。我们常说志气，志是心之所向，可以在四方，可以在千里，志和气是配合着的。节却是静的，不变的，所以要"守节"，要不"失节"。有时候节甚至于是死的，死的节跟活的现实脱了榫，于是乎自命清高的人结果变了节，冯雪峰先生论到周作人，就是眼前的例子。从统治阶级的立场看，"忠言逆耳利于行"，忠臣到底是卫护着这个阶级的，而清高之士消纳了叛逆者，也是有利于这个阶级的。所以宋朝人说"饿死事小，失节事大"，原先说的是女人，后来也用来说士人，这正是统治阶级代言人的口气，但是也表示着到了那时代士的个人地位的增高和责任的加重。

"士"或称为"读书人"，是统治阶级最下层的单位，并非"帮闲"。他们的利害跟君相是共同的，在朝固然如此，在野也未尝不如此。固然在野的处士可以不受君臣名分的束缚，可以"不事王侯，高尚其事"，但是他们得吃饭，这饭恐怕还得靠农民耕给他们吃，而这些农民大概是属于他们做官的祖宗的遗产的。"躬耕"往往是一句门面话，就是偶然有个把真正躬耕的如陶渊明，精神上或意识形态上也还是在负着天下兴亡之责的士，陶的《述酒》等诗就是证据。可见处士虽然有时横议，那只是自家人吵嘴闹架，他们生活的基础一般的主要的还是在农民的劳动上，跟君主与在朝的大夫并无两样，而一般的主要的意识形态，彼此也是一致的。

然而士终于变质了，这可以说是到了民国时代才显著。从清朝末年开设学校，教员和学生渐渐加多，他们渐渐各自形成一个集团；其中有不少的人参加革新运动或革命运动，而大多数也倾向着这两种运动。这已是气重于节了。

等到民国成立，理论上人民是主人，事实上是军阀争权。这时代的教员和学生意识着自己的主人身份，游离了统治的军阀，他们是在野，可是由于军阀政治的腐败，却渐渐获得了一种领导的地位。他们虽然还不能和民众打成一片，但是已经在渐渐的接近民众。五四运动划出了一个新时代。自由主义建筑在自由职业和社会分工的基础上。教员是自由职业者，不是官，也不是候补的官。学生也可以选择多元的职业，不是只有做官一路。他们于是从统治阶级独立，不再是"士"或所谓"读书人"，而变成了"知识分子"，集体的就是"知识阶级"。残余的"士"或"读书人"自然也还有，不过只是些残余罢了。这种变质是中国现代化的过程的一段，而中国的知识阶级在这过程中也曾尽了并且还在想尽他们的任务，跟这时代世界上别处的知识阶级一样，也分享着他们一般的运命。若用气节的标准来衡量，这些知识分子或这个知识阶级开头是气重于节，到了现在却又似乎是节重于气了。

知识阶级开头凭着集团的力量勇猛直前，打倒种种传统，那时候是敢作敢为一股气。可是这个集团并不大，在中国尤其如此，力量到底有限，而与民众打成一片又不容易，于是碰到集中的武力，甚至加上外来的压力，就抵挡不住。而一方面广大的民众抬头要饭吃，他们也没法满足这些饥饿的民众。他们于是失去了领导的地位，逗留在这夹缝中间，渐渐感觉着不自由，闹了个"四大金刚悬空八只脚"。他们于是只能保守着自己，这也算是节罢，也想缓缓的落下地去，可是气不足，得等着瞧。可是这里的是偏于中年一代。青年代的知识分子却不如此，他们无视传统的"气节"，特别是那种消极的"节"，替代的是"正义感"，接着"正义感"的是"行动"，其实"正义感"是合并了"气"和"节"，"行动"还是"气"。这是他们的新的做人的尺度。等到这个尺度成为标准，知识阶级大概是还要变质的罢？

(《知识与生活》，三十六年)

论吃饭

我们有自古流传的两句话：一是"衣食足则知荣辱"，见于《管子·牧民》篇，一是"民以食为天"，是汉朝郦食其说的。这些都是从实际政治上认出了民食的基本性，也就是说从人民方面看，吃饭第一。另一方面，告子说，"食色，性也"，是从人生哲学上肯定了食是生活的两大基本要求之一。《礼记·礼运》篇也说到"饮食男女，人之大欲存焉"，这更明白。照后面这两句话，吃饭和性欲是同等重要的，可是照这两句话里的次序，"食"或"饮食"都在前头，所以还是吃饭第一。

这吃饭第一的道理，一般社会似乎也都默认。虽然历史上没有明白的记载，但是近代的情形，据我们的耳闻目见，似乎足以教我们相信从古如此。例如苏北的饥民群到江南就食，差不多年年有。最近天津《大公报》登载的费孝通先生的《不是崩溃是瘫痪》一文中就提到这个。这些难民虽然让人们讨厌，可是得给他们饭吃。给他们饭吃固然也有一二成出于慈善心，就是恻隐心，但是八九成是怕他们，怕他们铤而走险，"小人穷斯滥矣"，什么事做不出来！给他们吃饭，江南人算是认了。

可是法律管不着他们吗？官儿管不着他们吗？干吗要怕要认呢？可是法律不外乎人情，没饭吃要吃饭是人情，人情不是法律和官儿压得下的。没饭吃会饿死，严刑峻法大不了也只是个死，这是一群人，群就是力量，谁怕谁！在怕的倒是那些有饭吃的人们，他们没奈何只得认点儿。所谓人情，就是自然的需求，就是基本的欲望，其实也就是基本的权利。但是饥民群还不自觉有这种权利，一般社会也还不会认清他们有这种权利，饥民群只是冲动的要吃饭，而一般社会给他们饭吃，也只是默认了他们的道理，这道理就是吃饭第一。

三十年夏天笔者在成都住家，知道了所谓"吃大户"的情形。那正是青黄不接的时候，天又干，米粮大涨价，并且不容易买到手。于是乎一群一群的贫民一面抢米仓，一面"吃大户"。他们开进大户人家，让他们煮出饭来吃了就走。这叫做"吃大户"。"吃大户"是和平的手段，照惯例是不能拒绝的，虽然被吃的人家不乐意。当然真正有势力的尤其有枪杆的大户，穷人们也识相，是不敢去吃的。敢去吃的那些大户，被吃了也只好认了。那回一直这样吃了两三天，地面上一面赶办平粜，一面严令禁止，才打住了。据说这"吃大户"是古风；那么上文说的饥民就食，该更是古风罢。

但是儒家对于吃饭却另有标准。孔子认为政治的信用比民食更重，孟子倒是以民食为仁政的根本；这因为春秋时代不必争取人民，战国时代就非争取人民不可。然而他们论到士人，却都将吃饭看做一个不足重轻的项目。孔子说，"君子固穷"，说吃粗饭，喝冷水，"乐在其中"，又称赞颜回吃喝不够，"不改其乐"。道学家称这种乐处为"孔颜乐处"，他们教人"寻孔颜乐处"，学习这种为理想而忍饥挨饿的精神。这理想就是孟子说的"穷则独善其身，达则兼善天下"，也就是所谓"节"和"道"。孟子一方面不赞成告子说的"食色，性也"，一方面在论"大丈夫"的时候列入了"贫贱不能移"一个条件。战国时代的"大丈夫"，相当于春秋时的"君子"，都是治人的劳心的人。这些人虽然也有饿饭的时候，但是一朝得了势，吃饭是不成问题的，不像小民往往一辈子为了吃饭而挣扎着。因此士人就不难将道和节放在第一，而认为吃饭好像是一个不足重轻的项目了。

伯夷、叔齐据说反对周武王伐纣，认为以臣伐君，因此不食周粟，饿死在首阳山。这也是只顾理想的节而不顾吃饭的。配合着儒家的理论，伯夷、叔齐成为士人立身的一种特殊的标准。所谓特殊的标准就是理想的最高的标准；士人虽然不一定人人都要做到这地步，但是能够做到这地步最好。

经过宋朝道学家的提倡，这标准更成了一般的标准，士人连妇女都要做到这地步。这就是所谓"饿死事小，失节事大"。这句话原来是论妇女的，后来却扩而充之普遍应用起来，造成了无数的惨酷的愚蠢的殉节事件。这正是"吃人的礼教"。人不吃饭，礼教吃人，到了这地步总是不合理的。

士人对于吃饭却还有另一种实际的看法。北宋的宋郊、宋祁兄弟俩都做了大官，住宅挨着。宋祁那边常常宴会歌舞，宋郊听不下去，教人和他弟弟说，问他还记得当年在和尚庙里咬菜根否，宋祁却答得妙：请问当年咬菜根是为什么来着！这正是所谓"吃得苦中苦，方为人上人"。做了"人上人"，吃得好，穿得好，玩儿得好，"兼善天下"

于是成了个幌子。照这个看法，忍饥挨饿或者吃粗饭、喝冷水，只是为了有朝一日可以大吃大喝，痛快的玩儿。吃饭第一原是人情，大多数士人恐怕正是这么在想。不过宋郊、宋祁的时代，道学刚起头，所以宋祁还敢公然表示他的享乐主义；后来士人的地位增进，责任加重，道学的严格的标准掩护着也约束着在治者地位的士人，他们大多数心里尽管那么在想，嘴里却就不敢说出。嘴里虽然不敢说出，可是实际上往往还是在享乐着。于是他们多吃多喝，就有了少吃少喝的人；这少吃少喝的自然是被治的广大的民众。

民众，尤其农民，大多数是听天由命安分守己的，他们惯于忍饥挨饿，几千年来都如此。除非到了最后关头，他们是不会行动的。他们到别处就食，抢米，吃大户，甚至于造反，都是被逼得无路可走才如此。这里可以注意的是他们不说话；"不得了"就行动，忍得住就沉默。他们要饭吃，却不知道自己应该有饭吃；他们行动，却觉得这种行动是不合法的，所以就索性不说什么话。说话的还是士人。他们由于印刷的发明和教育的发展等等，人数加多了，吃饭的机会可并不加多，于是许多人也感到吃饭难了。这就有了"世上无如吃饭难"的慨叹。虽然难，比起小民来还是容易。因为他们究竟属于治者，"百足之虫，死而不僵"，有的是做官的本家和亲戚朋友，总得给口饭吃；这饭并且总比小民吃的好。孟子说做官可以让"所识穷乏者得我"，自古以来做了官就有引用穷本家穷亲戚穷朋友的义务。到了民国，黎元洪总统更提出了"有饭大家吃"的话。这真是"菩萨"心肠，可是当时只当作笑话。原来这句话说在一位总统嘴里，就是贤愚不分，赏罚不明，就是糊涂。然而到了那时候，这句话却已经藏在差不多每一个士人的心里。难得的倒是这糊涂！

第一次世界大战加上五四运动，带来了一连串的变化，中华民国在一颠一拐的走着之字路，走向现代化了。我们有了知识阶级，也有了劳动阶级，有了索薪，也有了罢工，这些都在要求"有饭大家吃"。知识阶级改变了士人的面目，劳动阶级改变了小民的面目，他们开始了集体的行动；他们不能再安贫乐道了，也不能再安分守己了，他们认出了吃饭是天赋人权，公开的要饭吃，不是大吃大喝，是够吃够喝，甚至于只要有吃有喝。然而这还只是刚起头。到了这次世界大战当中，罗斯福总统提出了四大自由，第四项是"免于匮乏的自由"。"匮乏"自然以没饭吃为首，人们至少该有免于没饭吃的自由。这就加强了人民的吃饭权，也肯定了人民的吃饭的要求，这也是"有饭大家吃"，但是着眼在平民，在全民，意义大不同了。

抗战胜利后的中国，想不到吃饭更难，没饭吃的也更多了。到了今天一般人民真是不得了，再也忍不住了，吃不饱甚至没饭吃，什么礼义什么文化都说不上。这日子就是不知道吃饭权也会起来行动了，知道了吃饭权的，更怎么能够不起来行动，要求这种"免于匮乏的自由"呢？于是学生写出"饥饿事大，读书事小"的标语，工人喊出"我们要吃饭"的口号。这是我们历史上第一回一般人民公开的承认了吃饭第一。这其实比闷在心里糊涂的骚动好得多。这是集体的要求，集体是有组织的，有组织就不容易大乱了。可是有组织也不容易散；人情加上人权，这集体的行动是压不下也打不散的，直到大家有饭吃的那一天。

（上海《大公报》，三十六年）

什么是文学？

　　什么是文学？大家愿意知道，大家愿意回答，答案很多，却都不能成为定论。也许根本就不会有定论，因为文学的定义得根据文学作品，而作品是随时代演变，随时代堆积的。因演变而质有不同，因堆积而量有不同，这种种不同都影响到什么是文学这一问题上。比方我们说文学是抒情的，但是像宋代说理的诗，十八世纪英国说理的诗，似乎也不得不算是文学。又如我们说文学是文学，跟别的文章不一样，然而就像在中国的传统里，经史子集都可以算是文学。经史子集堆积得那么多，文士们都钻在里面生活，我们不得不认这些为文学。当然，集部的文学性也许更大些。现在除经史子集外，我们又认为元明以来的小说戏剧是文学。这固然受了西方的文学意念的影响，但是作品的堆积也多少在逼迫着我们给它们地位。明白了这种种情形，就知道什么是文学这问题大概不会有什么定论，得看作品看时代说话。

新文学运动初期，运动的领导人胡适之先生曾答覆别人的问，写了短短的一篇《什么是文学？》。这不是他用力的文章，说的也很简单，一向不曾引起多少注意。他说文字的作用不外达意表情，达意达得好，表情表得妙就是文学。他说文学有三种性：一是懂得性，就是要明白。二是逼人性，要动人。三是美，上面两种性联合起来就是美。这是并不特别强调文学的表情作用；却将达意和表情并列，将文学看作和一般文章一样，文学只是"好"的文章、"妙"的文章、"美"的文章罢了。而所谓"美"就是明白与动人，所谓三种性其实只是两种性。"明白"大概是条理清楚，不故意卖关子；"动人"大概就是胡先生在《谈新诗》里说的"具体的写法"。当时大家写作固然用了白话，可是都求其曲，求其含蓄。他们注重求暗示，觉得太明白了没有余味。至于"具体的写法"，大家倒是同意的。只是在《什么是文学？》这一篇里，"逼人""动人"等语究竟太泛了，不像《谈新诗》里说的"具体的写法"那么"具体"；所以还是不能引人注意。

再说当时注重文学的型类，强调白话诗和小说的地位。

白话新诗在传统里没有地位，小说在传统里也只占到很低的地位。这儿需要斗争，需要和只重古近体诗与骈散文的传统斗争。这是工商业发展之下新兴的知识分子跟农业的封建社会的士人的斗争，也可以说是民主的斗争。胡先生的不分型类的文学观，在当时看来不免历史癖太重，不免笼统，而不能鲜明自己的旗帜，因此注意他这一篇短文的也就少。文学型类的发展从新诗和小说到散文——就是所谓美的散文，又叫做小品文的。虽然这种小品文以抒情为主，是外来的影响，但是跟传统的骈散文的一部分却有接近之处。而文学包括这种小说以外的散文在内，也就跟传统的文的意念包括骈散文的有了接近之处。小品文之后有杂文。杂文可以说是继承"随感录"的，但从它的短小的篇幅看，也可以说是小品文的演变。小品散文因应时代的需要从抒情转到批评和说明上，但一般还认为是文学，和长篇议论文说明文不一样。这种文学观就更跟传统的文的意念接近了。而胡先生说的什么是文学也就值得我们注意了。

传统的文的意念也经过几番演变。南朝所谓"文笔"的文，以有韵的诗赋为主，加上些典故用得好，比喻用得妙的文章；《昭明文选》里就选的是这些。这种文多少带着诗的成分，到这时可以说是诗的时代。宋以来所谓"诗文"的文，却以散文就是所谓古文为主，而将骈文和辞赋附在其中。这可以说是到了散文时代。现代中国文学的发展，虽只短短的三十年，却似乎也是从诗的时代走到了散文时代。初期的文学意念近于南朝的文的意念，而与当时还在流行的传统的文的意念，就是古文的文的意念，大不相同。但是到了现在，小说和杂文似乎占了文坛的首位，这些都是散文，这正是散文时代。特别是杂文的发展，使我们的文学意念近于宋以来的古文家而远于南朝。胡先生的文学意念，我们现在大概可以同意了。

英国德来登早就有知的文学和力的文学的分别，似乎是日本人根据了他的说法而仿造了"纯文学"和"杂文学"的名目。好像胡先生在什么文章里不赞成这种不必要的分目。但这种分类虽然好像将表情和达意分而为二，却也有方便处。比方我们说现在杂文学是在和纯文学争着发展。这就可以见出这时代文学的又一面。杂文固然是杂文学，其他如报纸上的通讯，特写，现在也多数用语体而带有文学意味了，书信有些也如此。甚至宣言，有些也注重文学意味了。这种情形一方面见出一般人要求着文学意味，一方面又意味着文学在报章化。清末古文报章化而有了"新文体"，达成了开通民智的使命。现代文学的报章化，该是德先生和赛先生的吹鼓手罢。这里的文学意味就是"好"，就是"妙"，也就是"美"，却决不是卖关子，而正是胡先生说的"明白""动人"。报章化要的是来去分明，不躲躲闪闪的。杂文和小品文的不同处就在它的明快，不大绕弯儿，甚至简直不绕弯儿。具体倒不一定。叙事写景要具体，不错。说理呢，举例子固然要得，但是要言不烦，或间截了当也就是干脆，也能够动人。使人威固然是动人，使人信也未尝不是动人。不过这样理解着胡先生的用语，他也许未必同意罢？

（北平《新生报》，三十五年）

什么是文学的"生路"？

杨振声先生在本年十月十三日《大公报》的《星期文艺》第一期上发表了《我们打开一条生路》一篇文。中间有一段道：

"过去种种譬如昨日死"，不是譬如它真的死亡了；帝国主义的死亡，独裁政体的死亡，资本主义与殖民政策也都在死亡中，因而从那些主义与政策发展出来的文化必然的也有日暮途穷之悲。我们在这里就要一点自我讽刺力与超己的幽默性，去撞自己的丧钟，埋葬起过去的陈腐，从新抖擞起精神作这个时代的人。

这是一个大胆的、良心的宣言。

杨先生在这篇文里可没有说到怎样打开一条生路。十一月一日《星期文艺》上有废名先生《响应"打开一条生路"》一篇文，主张"本着（孔子的）伦常精义，为中国创造些新的文艺作品"，他说伦常就是道，也就是诗。杨先生在文后有一段按语，提到了笔者的疑问，主张"综合中外新旧，胎育我们新文化的蓓蕾以发为新文艺的花果"。但是他说"这些话还是很笼统"。

　　具体的打开的办法确是很难。第一得从"作这个时代的人"说起。这是一个动乱时代，是一个矛盾时代。但这是平民世纪。新文化得从矛盾里发展，而它的根基得打在平民身上。中国知识阶级的文人吊在官僚和平民之间，上不在天，下不在田，最是苦闷，矛盾也最多。真是做人难。但是这些人已经觉得苦闷，觉得矛盾，觉得做人难，甚至愿意"去撞自己的丧钟"，就不是醉生梦死。他们、我们愿意做新人，为新时代服务。文艺是他们的岗位，他们的工具。他们要靠文艺为新时代服务。文艺有社会的使命，得是载道的东西。

　　做过美国副国务卿的诗人麦克里希在一九三九年曾写过一篇文叫做《诗与公众世界》，说"我们是活在一个革命的时代，在这时代，公众的生活冲过了私有的生命的堤防。……私有经验的世界已经变成了群众、街市、都会、军队、暴徒的世界"。他因而主张诗歌与政治改革发生关系。后来他做罗斯福总统的副国务卿，大概就为了施展他的政治改革的抱负。可惜总统死了，他也就下台了。他的主张，可以说是诗以载道。诗还要载道，不用说文更要载道了。时代是一个，天下是一家，所以大家心同理同。

这个道是社会的使命。要表现它，传达它，得有一番生活的经验，这就难。知识阶级的文人，虽然让"公众的生活冲过了私有的生命的堤防"，但是他们还惰性地守在那越来越窄的私有的生命的角落上。他们能够嘲讽的"去撞自己的丧钟"，可是没有足够的勇气"从新抖擞起精神作这个时代的人"。这就是他们、我们的矛盾和苦闷所在。

古代的文人能够代诉民间疾苦，现代的文人也能够表现人道主义。但是这种办法多多少少有些居高临下。平民世纪所要求的不是这个，而是一般高的表现和传达，这就是说文人得作为平民而生活着，然后将那生活的经验表现传达出来。麦克里希所谓"革命的时代"的"革命"，不知是不是这个意思，然而这确是一种革命。革命需要大勇气，自然难。

然而苦闷要求出路，矛盾会得发展。我们的文人渐渐的在工商业的大都市之外发现了农业的内地。在自己的小小的圈子之外发现了小公务员。他们的视野扩大了，认识也清楚多了，他们渐渐能够把握这个时代了。自然，新文学运动以来的作者早就在写农村，写官僚。然而态度不同，他们是站在知识阶级自己的立场尽了反封建反帝国主义的任务。现在这时代进一步要求他们自己站到平民的立场上来说话。他们写内地，写小公务员，就是在不自觉的多多少少接受着这个要求，所以说是"发现"。再说第一次世界大战以后，个人主义一度猛烈的抬头，一般作者都将注意集中在自己身上，甚至以"身边琐事"为满足。现在由自己转到小公务员，转到内地人，也该算是"发现"。

知识阶级的文人如果再能够自觉的努力发现下去，再多扩大些，再多认识些，再多表现、传达或暴露些，那么，他们会渐渐的终于无形的参加了政治社会的改革的。那时他们就确实站在平民的立场，"作这个时代的人"了。现在举例来说，文人大多数生活在都市里，他们还可以去发现知识青年，发见小店员，还可以发现摊贩，这些人都已经有集团的生活了，去发现也许并不太难。现在的报纸上就有这种特写，那正是一个很好的起头。

说起报纸，我觉得现在的文艺跟报章体并不一定有高低的分别，而是在彼此交融着，看了许多特写可以知道。现在的文艺因为读者群的增大，不能再是"文章千古事，得失寸心知"了，它得诉诸广大的读众。加上话剧和报纸特写的发达和暗示，它不自觉的渐渐的走向明白痛快的写实一路。文艺用的语言虽然总免不掉夹杂文言，夹杂欧化，但是主要的努力是向着活的语言。文艺一面取材于活的语言，一面也要使文艺的语言变成活的语言。在这种情形之下，杂文、小说和话剧自然就顺序的一个赛一个的加速的发展。这三员大将依次的正是我们开路的先锋。杨先生那篇文就是杂文，他用的就是第一员先锋。

（北平《新生报》，三十五年）

低级趣味

从前论人物，论诗文，常用雅、俗两个词来分别。有所谓雅致，有所谓俗气。雅该原是都雅，都是城市，这个雅就是成都人说的"苏气"。俗该原是鄙俗，鄙是乡野，这个俗就是普通话里的"土气"。城里人大方，乡下人小样，雅、俗的分别就在这里。引申起来又有文雅、古雅、闲雅、淡雅等。例如说话有书卷气是文雅，客厅里摆设些古董是古雅，临事从容不迫是闲雅，打扮素净是淡雅。那么，粗话村话就是俗，美女月份牌就是俗，忙着开会应酬就是俗，重重的胭脂厚厚的粉就是俗。人如此，诗文也如此。

雅俗由于教养。城里人生活优裕的多些，他们教养好，见闻多，乡下人自然比不上。雅俗却不是呆板的。教养高可以化俗为雅。宋代诗人如苏东坡，诗里虽然用了俗词俗语，却新鲜有意思，正是淡雅一路。教养不到家而要附庸风雅，就不免做作，不能自然。从前那些斗方名士终于"雅得这样俗"，就在此。苏东坡常笑话某些和尚的诗有蔬笋气，有酸馅气。蔬笋气，酸馅气不能不算俗气。用力去写清苦求淡雅，倒不能脱俗了。雅俗是人品，也是诗文品，称为雅致，称为俗气，这"致"和"气"正指自然流露，做作不得。虽是自然流露，却非自然生成。天生的雅骨，天生的俗骨其实都没有，看生在什么人家罢了。

现在讲平等不大说什么雅俗了，却有了低级趣味这一个语。从前雅俗对峙，但是称人雅的时候多，骂人俗的时候少。现在有低级趣味，却不说高级趣味，更不敢说高等趣味。因为高等华人成了骂人的话，高得那么低，谁还敢说高等趣味！再说趣味这词也带上了刺儿，单讲趣味就不免低级，那么说高级趣味岂不自相矛盾？但是趣味究竟还和低级趣味不一样。"低级趣味"很像是日本名词，现在用在文艺批评上，似乎是指两类作品而言。一类是色情的作品，一类是玩笑的作品。

色情的作品引诱读者纵欲，不是一种"无关心"的态度，所以是低级。可是带有色情的成分而表现着灵肉冲突的，却当别论。因为灵肉冲突是人生的根本课题，作者只要认真在写灵肉冲突，而不像历来的猥亵小说在头尾装上一套劝善惩恶的话做幌子，那就虽然有些放纵，也还可以原谅。顽笑的作品油嘴滑舌，像在做双簧说相声，这种作者成了小丑，成了帮闲，有别人，没自己。他们笔底下的人生是那么轻飘飘的，所谓骨头没有四两重。这个可跟真正的幽默不同。真正的幽默含有对人生的批评，这种油嘴滑舌的顽笑，只是不择手段打哈哈罢了。这两类作品都只是迎合一般人的低级趣味来骗钱花的。

与低级趣味对峙着的是纯正严肃。我们可以说趣味纯正，但是说严肃却说态度严肃，态度比趣味要广大些。单讲趣味似乎总有点轻飘飘的，说趣味纯正却大不一样。纯就是不杂；写作或阅读都不杂有什么实际目的，只取"无关心"的态度，就是纯。正是正经，认真，也就是严肃。严肃和真的幽默并不冲突，例如《阿Q正传》；而这种幽默也是纯正的趣味。色情的和顽笑的作品都不纯正，不严肃，所以是低级趣味。

（北平《新生报》，三十五年）

语文学常谈

文字学从前称为"小学"。只是教给少年人如何识字，如何写字，所以称为"小学"。这原是实用的技术。后来才发展成为独立的学科，研究字形字音字义的演变。研究的人对这种演变这种历史的本身发生了兴趣，不再注重实用。这种文字学是语言学的一部分。语言学里又包括文法学。中国从前没有文法学，文法学是从西洋输入的。可是实用的文法技术我们也有：做文章讲虚实字，做诗讲对偶，都是的。直到前清末年，少年人学习做文做诗还是从使用虚字和对对子入手。"小学"起头早，诗文作法的讲究却远在其后；这由于时代的演变和进展，但起于实际的需要是相同的。所谓实际的需要固然是应试求官，识字的和会做诗文的能以应试求官；但从这里可以看出文字语言确是支配我们生活的要素之一，文字语言确是我们生活的一部分。从学术方面说，诗文作法没有地位，算不得学术，文法学也只是刚起头；文字学却已有了深厚的传统和广大的发展。但明白了语言文字的作用，就知道文法学是该有将来的。

现在文字学又分为形义和语音两支，各成一科，而关于义的研究又有独立为训诂学的趋势。文字形态部分经过甲骨文字和钟鼎文字的研究，比起专守许慎《说文解字》的时代有了长足的进步。语音部分发展更大，汉语之外，又研究非汉语的泰语和缅藏语，这样比较同系和近系的语言，不但广博，也可以更精确。这种用来比较的非汉语，都是调查得来的现代语。而汉语的研究也开了现代各地方言调查的一条大路。这种注重活的现代语，表示我们学术的兴趣伸展到了现代，虽然未必有关实用，可是跟现代的我们总近些了。其实也未必全然无关实用，非汉语的研究对边疆研究是有用处的。一方面研究活的现代语就不由的会注意到语法，这也促成了文法学的进步。训诂学更是刚起头。训字有顺文说解的意思，诂字是用现代语解说古代语的意思。按照"训诂"的字义和历来训诂的方法，训诂学虽然从字义的历史下手，也得注意到文法和现代语的，但是形态也罢，语音也罢，训诂也罢，文法也罢，都是从历史的兴趣开场，或早或迟渐渐伸展到现代，从现代的兴趣开场伸展到历史的，似乎只有所谓意义学。

"意义学"这个名字是李安宅先生新创的，他用来表示英国人瑞恰慈和奥格登一派的学说。他们说语言文字是多义的。每句话有几层意思，叫做多义。唐代的皎然的《诗式》里说诗有几重旨，几重旨就是几层意思。宋代朱熹也说看诗文不但要识得文义，还要识得意思好处。这也就是"文外的意思"或"字里行间的意思"，都可以叫做多义。瑞恰慈也正是从研究现代诗而悟到多义的作用。他说语言文字的意义有四层：一是文义，就是字面的意思。二是情感，就是梁启超先生说的"笔锋常带情感"的情感。三是口气，好比公文里上行平行下行的口气。四是用意，一是一、二是二是一种用意；指桑骂槐，言在此而意在彼，又是一种用意。他从现代诗下手，是因为现代诗号称难懂，而难懂的缘故就因为一般读者不能辨别这四层意义，不明白语言文字是多义的。他却不限于说诗，而扩展到一般语言文字的作用。

他说听话读书如不能分辨这四层意义，就会不了解，甚至误解。不了解诗或误解诗，固然对自己的享受与修养有亏。不了解或误解某一些语言文字，往往更会误了大事，害了社会。即如关于一些抽象名词的争辩，如"自由""民主"等，就往往因为彼此不了解或误解而起，结果常是很严重的。他以为除科学的说明真乃一是一、二是二以外，一般的语言大都是多义的。因此他觉得兹事体大。瑞恰慈被认为是科学的文学批评家，他的学说的根据是心理学。他说的语言文字的作用也许过分些，但他从活的现代语里认识了语言文字支配生活的力量，语言文字不是无灵的。他们这一派并没有立"意义学"的名目，所根据的心理学也未必是定论，意义学独立成为一科大概还早，但单刀直入的从现代生活下手研究语言文字，确是值得我们注意的。

（北平《新生报》，三十五年）

鲁迅先生的中国语文观

　　这里是就鲁迅先生的文章中论到中国语言文字的话，综合的加以说明，不参加自己意见。有些就抄他的原文，但是恕不一一加引号，也不注明出处。

　　鲁迅先生以为中国的言文一向就并不一致，文章只是口语的提要。我们的古代的纪录大概向来就将不关重要的词摘去，不用说是口语的提要。就是宋人的语录和话本，以及元人杂剧和传奇里的道白，也还是口语的提要。只是他们用的字比较平常，删去的词比较少，所以使人觉得"明白如话"。至于一般所谓古文，又是古代口语的提要而不是当时口语的提要，更隔一层了。

　　他说中国的文或话实在太不精密。向来作文的秘诀是避去俗字，删掉虚字，以为这样就是好文章。其实不精密。讲话也常常会辞不达意，这是话不够用，所以教员讲书必须借助于粉笔。文与话的不精密，证明思路不精密，换一句话，就是脑筋有些糊涂。倘若永远用着这种糊涂的语言，即使写下来读起来滔滔而下，但归根结蒂所得的还是一些糊涂的影子。要医这糊涂的病，他以为只好陆续吃一点苦，在语言里装进异样的句法去，装进古的，外省外府的，外国的句法去。习惯了，这些句法就可变为己有。

他赞成语言的欧化而反对刘半农先生"归真反朴"的主张。他说欧化文法侵入中国白话的大原因不是好奇，乃是必要。要话说得精密，固有的白话不够用，就只得采取些外国的句法。这些句法比较的难懂，不像茶泡饭似的可以一口吞下去，但补偿这缺点的是精密。反对欧化的人说中国人"话总是会说的"，一点不错，但要前进，全照老样子是不够的。即如"欧化"这两个字本身就是欧化的词儿，可是不用它，成吗？

"归真反朴"是要回到现在的口语，还有语录派，更主张回到中古的口语，鲁迅先生不用说是反对的。他提到林语堂先生赞美的语录的便条，说这种东西在中国其实并未断绝过种子，像上海堂口摊子上的文人代男女工人们写信，用的就是这种文体，似乎不劳从新提倡。他还反对

"章回小说体的笔法"，都因为不够用，不精密。

他赞成语言的大众化，包括书法的拉丁化。他主张将文字交给一切人。他将中国话大略分为北方话、江浙话、两湖川贵话、福建话、广东话，主张地方语文的大众化，然后全国语文的大众化。这全国到处通行的大众语，将来如果真有的话，主力恐怕还是北方话。不过不是北方的土话，而是好像普通话模样的东西。

大众语里也有绍兴人所谓"炼话"。这"炼"字好像是熟练的意思，而不是简练的意思。鲁迅先生提到有人以为"大雪纷飞"比"大雪一片一片纷纷地下着"来得简要而神韵。他说在江浙一带口语里，大概用"凶""猛"或"厉害"来形容这下雪的样子。《水浒传》里的"那雪正下得紧"，倒是接近现代大众语的说法，比"大雪纷飞"多两个字，但那"神韵"却好得远了。这里说的"神韵"大概就是"自然""到家"，也就是"熟练"或"炼"的意思。

对文言的"大雪纷飞"，他取"那雪正下得紧"的自然。但一味注重自然是不行的。他主张语言里得常常加进些新成分，翻译的作品最宜担任这种工作。即使为略能识字的读众而译的书，也应该时常加些新的字眼、新的语法在里面。但自然不宜太多，以偶尔遇见而自己想想或问问别人就能懂得的为度。这样逐渐地拣必要的一些新成分灌输进去，群众是会接受的，也许还胜过成见更多的读书人。必需这样，大众语才能够丰富起来。

鲁迅先生主张的是在现阶段一种特别的语言，或四不像的白话，虽然将来会成为"好像普通话模样的东西"。这种特别的语言不该采取太特别的土话，他举北平话的"别闹""别说"做例子，说太土。可是要上口，要顺口。他说做完一篇小说总要默读两遍，有拗口的地方，就或加或改，到读得顺口为止。但是翻译却宁可忠实而不顺；这种不顺他相信只是暂时的，习惯了就会觉得顺了。若是真不顺，那会被自然淘汰掉的。他可是反对凭空生造；写作时如遇到没有相宜的白话可用的地方，他宁可用古语就是文言，决不生造，决不生造"除自己之外谁也不懂的形容词"。

他也反对"做文章"的"做"，"做"了会生涩，格格不入。可是太"做"不行，不"做"却又不行。他引高尔基的话"大众语是毛坯，加了工的是文学"，说这该是很中肯的指示。他所需要的特别的语言，总起来又可以这样说："采说书而去其油滑，听闲谈而去其散漫，博取民众的口语而存其比较的大家能懂的字句，成为四不像的白话。这白话得是活的，因为有些是从活的民众口头取来，有些要从此注入活的民众里面去。"

（北平《新生报》，三十五年）

诵读教学

　　前天北平报上有黎锦熙先生谈国语教育一段记载。"他认为现在教育成绩最坏的是国文，其原因，第一在忽视诵读技术。……他于二十年前曾提倡新文学运动，也曾经提倡过欧化的文句。可是文法组织相当精密，没有漏洞。现在中学生作文与说话失去了联系，文字和语言脱了节。文字本来是统一的，语言一向是分歧的。拿分歧的语言来写统一的文字，自然发生这种畸形的病象。因此训练白话文的基本技术，应有统一的语言，使分歧的个别的语言先加以统一的技术训练。所以大原则就是训练白话文等于训练国语。所谓'耳治''口治''目治'这诵读教学三部曲，日渐纯熟，则古人的'一目十行''七步成诗'并非难事。"这一段记载嫌笼统，不能使我们确切地了解黎先生的意思，但他强调"作文与说话失去了联系，文字和语言脱了节"，强调"诵读教学",值得我们注意。

所谓"作文与说话失去了联系",是指写作白话文而言。照上下文看,"失去联系"似乎指作文过分欧化,或者夹杂方言。过分欧化自然和语言脱节,夹杂方言是拿"分歧的个别的语言"来搅乱统一的国语,也就是和国语脱节。欧化是中国现代文化的一般动向,写作的欧化是跟一般文化配合着的。欧化自然难免有时候过分,但是这八九年来在写作方面的欧化似乎已经能够适可而止了。照上下文看,黎先生好像以文法组织严密为适当的欧化的标准。但是一般中国文法书都还在用那欧语的文法做蓝本,在这个意义之下的"文法组织严密",也许倒会使欧化过分的。这种标准其实还得仔细研究,现时还定不下来。可是我们却能觉察到近些年写作的欧化确是达到了适可而止的地步。虽然适可而止,欧化总还是欧化,写作和说话总还在脱节。这个要等时候,加上"诵读教学"的帮忙,会渐渐习惯成自然,那时候看上眼顺的,念上口也会顺了,那时候"耳治""口治""目治"就一致了。

夹杂方言却与欧化问题不一样。从写作的本人看无论是否中学生,他的文字里夹些方言,恐怕倒觉得合拍些。在读者一面,只要方言用得适当,也会觉得新鲜或别致。

这不能算是脱节。我虽然赞成定北平话为标准语，却也欣赏纯方言或夹方言的写作。近些年用四川话写作的颇有几位作家，夹杂四川话或西南官话的写作更多，有些很不错。这个丰富了我们的写的语言，国语似乎该来个门户开放政策，才能成其为国语。

我倒觉察到一些学生作文，过分的依照自己的那"分歧的个别的语言"，而不知道顾到"统一的文字"。这些学生的作文自己读自己听很顺，自己读别人听也顺，可是别人读就不顺了。他们不大用心诵读别人的文字，没有那"统一的文字"的意念，只让自己的语言支配着，所以就出了毛病。这些学生可都是相当的会说话的，要不然他自己读的时候别人听起来也就不会觉得顺了。从一方面看，这是作文赶不上说话，算是脱节也未尝不可。这些学生该让他们多多用心诵读各家各派的文字；获得那"统一的文字"的调子或语脉——，叫文脉也成。这里就见得"诵读教学"的重要了。

现在流行朗诵，朗诵对于说话和作文也有帮助，因为练习朗诵得咬嚼文字的意义，揣摩说话的神气。但是也许更着重在揣摩上。朗诵其实就是戏剧化，着重在动作上。这是一种特别的才能，有独立性，作品就是看来差些，朗诵家凭自己的才能也还会使听众赞叹的。诵读和朗读却不相同。称为"读"就着重在意义上，"读"字本作抽出意义解，读白话文该和宣读文件一般，自然也讲究疾徐高下，却以清朗为主，用不着什么动作。有些白话文有意用说话体，那就应该照话那么"说"，"说"也是清朗为主，有时需要一些动作，也不多。白话文需要读的却比需要说的多得多，所以读、朗读或诵读更该注重。诵读似乎不难训练，读了白话文去背也并不难。只是一般教师学生用私塾念书的调子去读，或干脆不教学生读，以为不好读或不值得读。前者歪曲了白话文，后者也歪曲了白话文，所谓过犹不及。要增进学生了解和写作白话文的能力，是得从正确的诵读教学下手，黎先生的见解是不错的。

（北平《新生报》，三十五年）

诵读教学与"文学的国语"

　　黎锦熙先生提倡国语的诵读教学，魏建功先生也提倡国语的诵读教学。魏先生是台湾国语推行委员会主任委员。他为"中国语文诵读方法座谈会"的事写信给我，说"台省国语事业与国文教学不能分离，而于诵读问题尤甚关切"。黎先生也曾说"训练白话文等于训练国语"，因而强调诵读教学。黎先生的话和魏先生的话合看，相得益彰。在语言跟国语大不相同的台湾省，才更见出诵读教学的重要来。国语对于现在的台湾同胞差不多是一种新的语言，学习新的语言，得从"说"入手；但是要同时学习"说"和"写"，就非注重诵读教学不可。

　　诵读教学在一般看来是注重了解和写作，黎先生的意见，据报上所记，正是如此。魏先生似乎更注重诵读对于说的效用，就是对于口语的效用。这一层是我们容易忽略的。我们现在学习外国语，一般的倒是从诵读入手，这是事实。照念的"说"出来，虽然不很流利，却也可以成话。这可见诵读可以帮助造成口语。但是我们学习国语，一般的是从"说"入手。这原是更有效的直接办法。不过在台湾这种直接法事实上恐怕一时不能普遍推行，所以就是撇开"写"单就"说"而论，也还得从诵读入手。我猜想魏先生的意思是如此。

我因此却想到一个更大的问题，就是"文学的国语"的问题。胡适之先生当年写《建设的文学革命论》，提出"国语的文学，文学的国语"两个语。他说"文学的国语"要由"国语的文学"产生。这是不错的。到现在三十年了，"国语的文学"已经伸展到小公务员和小店员群众里，区域是很广大了，读众是很不少了，而"文学的国语"虽然也在成长中，却似乎慢些。就是接触国语文学最多最久的知识青年这阶层，在这三十年里口语上似乎也并没有变化多少，没有丰富多少，这比起国语文学的发达，简直可以说是配合不上。我想这种情形主要的是由于国语的文学有自觉的努力，而文学的国语只在自然的成长。现在是到了我们加以自觉的努力的时候了，这种自觉的努力就是诵读教学。

现在我们的白话文，就是国语文学用的文字，夹杂着一些文言和更多的欧化语式。文言本可上口，不成大问题；成问题的是欧化语式，一般人总觉得不能上口，加以非难。他们要的是顺：看起来顺眼，听起来顺耳，读起来顺口。这里是顺口第一，顺口自然顺耳，而到了顺耳，自然也就顺眼了。所以不断的有人提出"上口"来做白话文的标准。这自然有它的道理，白话本于口语，自然应该"上口"。但是从语言的成长而论，尤其从我们的"文学的国语"的成长而论，这个"上口"或"顺口"的标准却应该活用；有些新的词汇新的语式得给予时间让它们或教它们上口。这些新的词汇和语式，给予了充足的时间，自然就会上口，可是如果加以诵读教学的帮助，需要的时间会少些，也许会少得多。

　　语言是活的，老是在成长之中，随时吸收新的词汇和语式来变化它自己，丰富它自己。但这是自然而然，所以我们虽然常有些新语上口，却简直不觉得那些是新语。可是在大量新语同时来到的时候，我们就觉得了。清末的"新名词"的问题，就是因为"新名词"一涌而来，消化不了，所以大家才觉得那些是"新名词"，是不顺眼的"新名词"。但是那些"新名词"如"手续""取消"等，以及新语式如"有……必要"等，现在却早已成了口头熟语了。新名词越来越多，见惯不惊，也已经不成问题了。成问题的是欧化语式。但是反对欧化语式的似乎以老年人和中年人为多；在青年人间，只要欧化得不过分，他们倒愿意接受的。

青年人愿意接受欧化语式，主要的是阅读以及诵读的影响。这时代的青年人，大概在小学和初中时期就接触了白话文，而一般白话文多少都有些欧化。他们诵读一些，可是阅读的很多。高中到大学时期他们还是不断的在阅读欧化的白话文，并且阅读的也许更多。这样自然就愿意接受欧化的语式。只是由于诵读教学的不得法和无标准，他们接受欧化语式，阅读的影响实在比诵读的影响大得多。所以就是他们，也还只能多多接受欧化到笔下，而不能多多接受欧化到口头。白话文确是至今还不能完全上口。写好一篇稿子去演讲广播，照着念下去，自己总觉得有许多地方不顺口，怕人家听不明白。于是这里插进一些解释，那里换掉一些语式，于是白话和白话文还是两家子。说的语言和写的语言多少本有些距离，但是演讲或广播的语言应该近于写的语言，而不应该如我们的相距这么远。白话文像这样不能完全上口，我们的"文学的国语"是不能成立的。

现在我们叙述或讨论日常事项，因为词汇的关系，常常不自觉地采用一些欧化语式，但是范围不大。要配合着这种实际情形，加速"文学的国语"的成长，就得注重诵读教学，建立诵读的标准。如果从小学到初高中一直注重诵读，教师时常范读，学生时常练习，习惯自然，就会觉得白话文并不难上口。这班青年学生到了那时候就不但会接受新的白话文在笔下，并将接受新的白话到口头了。他们更将散布影响到一般社会里，这样会加速国语的成长，也会加速"文学的国语"的造成。诵读教学并不太难。第一得知道诵读就是读，不是吟，也不是唱。这是最简单的标准。第二得多练习，曲不离口，诵读也要如此。这是最简单的办法。过去的诵读教学，拿白话文来吟唱，自然不是味儿，因为不是味儿，也就不愿意多练习。现在得对症下药才成。

（北平《新生报》，三十五年）

论诵读

最近魏建功先生举行了一回"中国语文诵读方法座谈会"，参加的有三十人左右，座谈了三小时，大家发表的意见很多。我因为去诊病，到场的时候只听到一些尾声。但是就从这短短的尾声，也获得不少的启示。昨天又在《北平时报》上读到李长之先生的《致魏建功先生书》，觉得很有兴味。自己在接到开会通知的时候也曾写过一篇短文，说明诵读教学可以促进"文学的国语"的成长，现在还有些补充的意见，写在这里。

抗战以来大家提倡朗诵，特别提倡朗诵诗。这种诗歌朗诵战前就有人提倡。那时似乎是注重诗歌的音节的试验；要试验白话诗是否也有音乐性，是否也可以悦耳，要试验白话诗用那一种音节更听得入耳些。这种朗诵运动为的要给白话诗建立起新的格调，证明它的确可以替代旧诗。战后的诗歌朗诵运动比战前扩大得多，目的也扩大得多。这时期注重的是诗歌的宣传作用、教育作用，也许尤其是团结作用，这是带有政治性的。而这种朗诵，边诵边表情边动作，又是带有戏剧性的。这实在是将诗歌戏剧化。戏剧化了的诗歌总增加了些什么，不全是诗歌的本来面目。而许多诗歌不适于戏剧化，也就不适于这种朗诵。所以有人特别写作朗诵诗。战前战后的朗诵运动当然也包括小说、散文和戏剧，但是特别注重诗；因为是精炼的语言，弹性大，朗诵也最难。

朗诵的发展可以帮助白话诗文的教学，也可以帮助白话诗文的上口，促进"文学的国语"成长。但是两个时期的朗诵运动，都并不以语文教学为目标，语文教学实际上也还没有受到很大的影响。现在魏建功先生，还有黎锦熙先生，都在提倡诵读教学，提倡向这一方面的自觉的努力，这是很好的。这不但与朗诵运动并行不悖，而且会相得益彰。黎先生提倡的诵读教学，据报上他的谈话，似乎注重白话，魏先生的座谈，却包括文言。这种诵读教学自然是以文为主，不以诗为主，因为教材是文多，习作也是文多，应用还是文多。这就和朗诵运动的出发点不一样。

诵读是一种教学过程，目的在培养学生的了解和写作的能力。教学的时候先由教师范读，后由学生跟着读，再由学生自己练习着读，有时还得背诵。除背诵外却都可以看着书。诵读只是诵读，看着书自己读，看着书听人家读，只要做过预习的工夫，当场读得又得法，就可以了解的，用不着再有面部表情和肢体动作。这和战前的朗诵差不多，只是朗诵时听众看不到原作，和战后的朗诵却就差得多。朗诵是艺术，听众在欣赏艺术。诵读是教学，读者和听者在练习技能。这两件事目的原不一样。但是朗诵和诵读都是既非吟，也非唱，都只是说话的调子，这可是一致的。

吟和唱都将文章音乐化，而朗诵和诵读却注重意义，音乐化可以将意义埋起来，或使意义滑过去。战前的朗诵固然可以说是在发现白话诗的音乐性，但是有音乐性不就是音乐化。例如一首律诗，平仄的安排是音乐性，吟起来才是音乐化，读下去就不是的。现在我们注重意义，所以不要音乐化，不要吟和唱。我在别处说过"读"该照宣读文件那样，但是这句话还未甚显明。李长之先生说的才最干脆，他说"所谓诵读一事，也便只有用话的语调（平常说话的语调）去读的一途了"。宣读文件其实就用的是说话的语调。

诵读虽然该用说话的调子，可究竟不是说话。诵读赶不上说话的流畅，多少要比说话做作一些。诵读第一要口齿清楚，吐字分明。唱曲子讲究咬字，诵读也得字字清朗，尽管抑扬顿挫，清朗总得清朗的。李长之先生注重词汇的读出，也就是这个意思。座谈会里潘家洵先生指出私塾儿童读书固然有两字一顿的，却也有一字一顿的；如"孟——子——见——梁——惠——王"之类的读法，我们是常常可以听到的。大概两字一顿是用在整齐的句法上，如读《千字文》《百家姓》《龙文鞭影》《幼学琼林》《千家诗》之类，一字一顿是用在参差的句法上，如读《四书》等。前者是音乐化，后者逐字用同样强度读出，是让儿童记清每一个字的形和音，像是强调的说话。这后一种诵读，机械性却很大，不像说话那样可以含糊几个字甚至吞咽几个字而反有姿态，有味儿。我们所要的字字清朗的诵读，性质上就近于这后一种，不过顿的字数不一定，再加上抑扬顿挫，跟说话多相像一些罢了。

用说话的调子诵读白话文，自然该最像说话，虽然因为言文总有些分别，不能等于说话。但是现在的白话文是欧化了的，诵读起来也还不能很像说话。相信诵读教学切实施行若干时后，诵读可以帮助变化说的调子，那时白话文的诵读虽然还是不能等于说话，总该差不离儿了。诵读白话诗，现在是更不像说话；因为诗是精炼的说话，跟随心信口的说话本差着些程度，加上欧化，自然要差得更多。用说话的调子读文言，不论是诗是文，是骈是散，自然还要差得多，但是比吟或唱总近于说话些。从前学习文言乃至欣赏文言，好像非得能吟会唱不可。我想吟唱固然有益，但是诵读也许帮助更大。大概诗词曲和骈文，音乐性本来大些，音乐化的去吟唱可以获得音乐方面的受用，但是在了解和欣赏意义上，吟唱是不如诵读的。至于所谓古文，本来基于平常说话的调子，虽然因为究竟不是口头的语言，不妨音乐化的去吟唱，然而受用似乎并不大，倒是诵读能见出这种古文的本色。所以就是文言，也还该以说话调的诵读为主。但是诵读总得多读熟读，才有效用，"曲不离口"，诵读也是一样道理。

诵读口语体的白话文（这种也可以称为白话），还有诵读小说里的一些对话和话剧，应该就像说话一样，虽然也还未必等于说话。说是未必等于说话，因为说话有声调，又多少总带着一些面部表情和肢体动作，写出来的说话虽然包含着这些，却不分明。诵读这种写出来的说话，得从意义里去揣摩，得从字里行间去揣摩。而写的人虽然想着包含那些，却也未必能包罗一切，揣摩的人也未必真能尽致。这就未必相等了。所以认真的演出话剧，得有戏谱，详细注明声调等等。李长之先生提到的赵元任先生的《最后五分钟》就是这种戏谱。有了这种戏谱，还得再加揣摩。但是舞台上的台词也还是不等于平常的说话。因为台词不但是戏中人在对话，并且是给观众听的对话，固然得流畅，同时也得清朗。所以演戏需要专业的训练，比诵读难。

　　写的白话不等于说话，写的白话文更不等于说话。写和说到底是两回事。文言时代诵读帮助写的学习，却不大能够帮助说的学习；反过来说话也不大能够帮助写的学习。这时候有些教育程度很高的人会写却说不好，或者会说却写不好，原不足怪。可是，现下白话时代，诵读不但可以帮助写，还可以帮助说，而说话也可以帮助写，可是会写不会说和会说不会写的人还是有。这就见得写和说到底是两回事了。大概学写主要得靠诵读，文言白话都是如此；单靠说话学不成文言也学不好白话。现在许多学生很能说话，却写不通白话文，就因为他们诵读太少，不懂得如何将说话时的声调等等包含在白话文里。他们的作文让他们自己念给别人听，满对，可是让别人看就看出不通来了。他们会说话到一种程度，能以在诵读自己作文的时候，加进那些并没有能够包含在作文里的成分去，所以自己和别人听起来都合式，他们自己看的时候，也还能够如此。等到别人看，别人凭一般诵读的习惯，只能发挥那些作文里包含得有的，却不能无中生有，这就漏了。至于学说话，主要的得靠说话；多读熟白话文，多少些帮助，多少能够促进，可是主要的还得靠说话。只注重诵读和写作而忽略了说话，自然容易成为会写而说不好的人。至于李长之先生提到鲁迅先生，又当别论。鲁迅先生是会说话的，不过不大会说北平话。他写的是白话文，不是白话。长之先生赞美座谈会中顾随先生读的《阿Q正传》，说是"觉得鲁迅运用北平的口语实在好极了"。我当时不在场，想来那恐怕一半应该归功于顾先生的诵读的。

再说用说话的调子诵读白话诗，那是比诵读白话文更不等于说话。如上文所说诗是精炼的语言，跟平常的说话自然差得多些。精炼靠着暗示和重叠。暗示靠新鲜的比喻和经济的语句；重叠不是机械的，得变化，得多样。这就近乎歌而带有音乐性了。这种音乐性为的是集中注意的力量，好像电影里特别的镜头。集中了注意力，才能深入每一个词汇和语句，发挥那蕴藏着的意义，这也就是诗之所以为诗。白话诗却不要音乐化，音乐化会掩住了白话诗的个性，磨损了它的曲折处。白话诗所以不会有固定的声调谱，我看就是为此。白话诗所以该用说话调诵读，也是为此。一方面白话诗也未尝不可以全不带音乐性而直用平常说话的调子写作。但是只宜于短篇如此。因为短篇的精炼可以不靠重叠，长些的就不成。苏俄的马雅可夫斯基的诗，按说就只用平常说话的调子，却宜于朗诵。他的诗就是短篇多，国内也有向这方面努力的，田间先生就是一位。这种诗不用说更该用说话调诵读，诵读起来也许跟口语体的白话文差不多，但要强调些。因为篇幅短，要是读得太流畅，一下子就完了，没有了，所以得滞实些才成。其实诗的诵读一般的都得滞实些。一方面有弹性，一方面要滞实，所以难。两次朗诵运动都以诗为主，在艺术上算是攻坚。但是诵读只是训练技能，还该从容易的文的诵读下手。

（《大公报》，三十五年）

论国语教育

三十五年十二月二十四日北平各报有中央社讯一节：

台湾省国语推行委员会主任委员魏建功，就三十余年来国语教育推行情形，对记者谈：民国二年蔡元培任教育总长，鉴于新文化运动语体文亟须提倡，即开始组织国语推行机构。国语之推行，实际甚为简单，而教育行政负责者不予协助，以致困难重重，国语推行运动似已呈藕断丝连之态。实则国语推行，即在厉行注音符号。赞助有力之国语推行运动者，多为文学方面人物。我国尚无专门从事语文办理国语教育者。现在国语推行人士皆在四十岁以上，后继者寥寥。政府应切实注意之，否则台湾之国语推行，今后十年的工作干部就成问题。

魏先生这一节简短的谈话，充分地叙述了冷落的国语推行的现状。

魏先生说的三十年来的国语教育，是专就民国成立以来说的。若是追溯渊源应该从清末说起。那时的字母运动和白话运动是民国以来国语运动的摇篮。那时的目标是开通民智。字母运动是用拼音字母替代汉字，让一般不识字的民众容易学，容易用。白话运动是编印白话书报给一般识得一些汉字的民众看，让他们得到一些新的知识。前者是清除文盲，后者专开通民智，自然，清除文盲也为的开通民智，那时也印行了好些字母拼音的读物。这两种运动都以一般未受教育或受过很少教育的民众为对象，字母和白话都只是为他们的方便，并非根本的改革文字。那时所谓上等人还是用着汉字和文言，认为当然。再说这两种运动都不曾强调读音的统一，他们注重的只是识字和阅读。

民国以来的国语运动可大大的不同。他们首先注重国音的统一，制出了注音字母，现在改称"注音符号"，后来又将北平话定为标准语。新文学运动接着五四运动，这才强调国语体文，将小学和初中的国文科改为国语科。后来又有废除汉字运动，又制出了国语罗马字，就是注音符号第二式，现在改称"译音符号"。注音字母和国语罗马字、标准语、国语科，都是教育部定的。究竟是民国了，这种国语运动不再分别上等人和下层民众，总算国民待遇，一视同仁。三十年来语体文的发展蒸蒸日上，成绩最好。魏先生说"赞助有力之国语推行运动者，多为文学方面人物"，大概就是偏重语体文的成绩一项而言。其次是注音符号第一式的施用，也在相当的进展。早年有过一个国语讲习所，讲习的主要就是北平话和注音字母。这字母也曾用来印过《国音字典》《字汇》和一些书报。抗战前并已有了注音汉字和注音汉字印的小学教科书。抗战后印刷条件艰难，注音汉字的教科书办不到了，但还有注音小报在后方继续的苦撑着。

《国音字典》《国音常用字汇》以及别的字典里除用第一式符号外，兼用第二式注音。但是第二式制定得晚，又不能配合汉字的形体，所以施用的机会少得多。加上带有政治性的拉丁化或新文字运动，使教育当局有了戒心，他们只将这第二式干搁着，后来才改为"译音符号"，限于译音用；注音字母也早改为"符号"，专作注音用。这些都是表示反对废除汉字改用拼音文字。一方面拉丁化运动者，却称国语罗马字和注音字母所表示的国语为"官僚国语"。本来定一个地方的话为标准语，反对的就不少，他们主张以普通话为标准语。第一次的《国音字典》里的国音就是照这个标准定的。后来才改用北平话，以为这才是自然的标准，不是勉强凑合的普通话。改定以后反对的还是很多。江浙人总说国语没有入声，那几个卷舌音也徒然教孩子们吃苦头。抗战后到了西南，西南的中小学里教学注音符号的似乎极少。我曾参加过成都市小学教师暑期讲习会。讲过一回注音符号，听众似乎全不接头，并且毫无兴趣。这大概是注音符号还没有经教育当局推行到四川的原故。一方面西南官话跟北平也近些，说起来够清楚的，他们也不忙学国语。再说北平话定作标准语是在北平建都时代。首都改到南京以后，大家似乎忙着别的，还没有注意到这个问题上。将来若注意到了，会不会像目下讨论建都问题这样热烈的争执呢？这是很难预测的。

我个人倒是赞成国语有一个自然的标准。自己是苏北人，却赞成将北平话作为标准语。一来因为北平是文化城，二来因为北平话的词汇差不多都写得出，三来因为北平话已经作为标准语多年，虽然还没有"俗成"，"约定"总算"约定"的了。标准语只是标准，"蓝青官话"也罢，

"二八京腔"也罢，只要向着这个标准走就成。特别是孩子们向着这个标准走就成。以后交通应该越来越便利，孩子们听国语的机会多，学起来不会难。成人自然难些，但是有个自然的标准，总比那形形色色的或只在字典里而并不上口的普通话好捉摸些。就算是国音乡调，甚至乡音国调，也总可以帮助大家了解些。因此我赞成北平师范学院这回设国语专修科，多培植些"专门从事语文办理国语教育"的人才。这些人该能说纯粹的国语，还得有文学的修养，这才能成为活的自然的标准。他们将来散到各地去服务，标准语就更不难学习了。但是除此以外还有更重要的一件事，就是该快些恢复注音汉字的教科书，如能多有注音汉字的书报更好。

废除汉字在日本还很困难，在中国恐怕更难。我所以主张先行施用注音汉字。联合国文教会议这回建议"全世界联合清除文盲"，我们的国语教育也该以清除文盲为首务。现在讲清除文盲，跟清末讲开通民智态度不同，但需要还是一样迫切，也许更迫切些。清除文盲要教他们容易识字，注音汉字该可以帮忙他们识字。说起识字，又来了一个问题，也在国语教育项下。标准语得有标准音，还得有标准字。这些年注意国民教育的人，有些在研究汉字的基本字汇。战前商务印书馆印行的庄泽宣先生编辑的《基本字汇》，综合九家研究的结果，共五千二百六十九字。照最近陆殿扬先生发表的意见（《文讯》新六号，《关于字汇问题》），"宜以二千五百字为度"。这种基本字汇将常用的汉字统计出来，减轻学习的负担，自然很好。但是统计的时候不能只注意单字，还该注意单字合成的词汇，才能切用。有了这种基本字汇，还得注意字形的划一，这就是陆先生所谓标准字。

陆先生指出汉字形体的分歧和重复，妨害学习很大。这种分歧和重复如任其自然演变，就会越来越多，多到不可收拾的地步。从前历代常要规定正体字，教人民遵用，应国家考试的如不遵用，就是犯规，往往因此不准参加考试。这倒不是妄作威福，而是为了公众的方便，也就是所谓"约定俗成"。记得魏建功先生在教育部召集的一个会议里曾经建议整理汉字形体，搜罗所有汉字的各种形体，编辑成书，同时定出各个汉字的通用形体，也就是标准字。但是这种大规模的工作，需要相当多的人力财力和时间，一时不容易着手。也许还得先有些简易的办法来应急，这种得"专门从事语文"的人共同研究才成。还有，王了一先生也曾强调标准汉字，虽然他没有提出"标准字"这名称。陆先生是主张"整理国字，使之合理化、科学化、统一化、正确化，非从速厘订标准字不可"。有了标准字和基本字汇相辅而行，汉字的学习该比从前减少困难很多，清除文盲才可以加速的进展。同时还得根据标准字的基本字汇编辑国民读物，供一般应用。这种读物似乎不一定要用旧形式，只要浅近清楚就好。目下一般小店员和工人读报的已不少，报纸的文体大部分不是旧形式，他们也能够并且有兴趣地念下去。他们，尤其是年轻的，也愿意学些新花样，并不是一味恋着老古董的。

（《北平时报》，三十五年）

古文学的欣赏

新文学运动开始的时候，胡适之先生宣布"古文"是"死文学"，给它撞丧钟，发讣闻。所谓"古文"，包括正宗的古文学。他是教人不必再做古文，却显然没有教人不必阅读和欣赏古文学。可是那时提倡新文化运动的人如吴稚晖、钱玄同两位先生，却教人将线装书丢在茅厕里。后来有过一回"骸骨的迷恋"的讨论也是反对作旧诗，不是反对读旧诗。但是两回反对读经运动却是反对"读"的。反对读经，其实是反对礼教，反对封建思想；因为主张读经的人是主张传道给青年人，而他们心目中的道大概不离乎礼教，不离乎封建思想。强迫中小学生读经没有成为事实，却改了选读古书，为了了解"固有文化"。为了解固有文化而选读古书，似乎是国民分内的事，所以大家没有说话。可是后来有了"本位文化"论，引起许多人的反感，本位文化论跟早年的保存国粹论同而不同，这不是残余的而是新兴的反动势力。这激起许多人，特别是青年人，反对读古书。

可是另一方面，在本位文化论之前也有过一段关于"文学遗产"的讨论。讨论的主旨是如何接受文学遗产，倒不是扬弃它；自然，讨论到"如何"接受，也不免有所分别扬弃的。讨论似乎没有多少具体的结果，但"批判的接受"这个广泛的原则，大家好像都承认。接着还有一回范围较小，性质相近的讨论。那是关于《庄子》和《文选》的。说《庄子》和《文选》的词汇可以帮助语体文的写作，的确有些不切实际。接受文学遗产若从"做"的一面看，似乎只有写作的态度可以直接供我们参考，至于篇章字句，文言语体各有标准，我们尽可以比较研究，却不能直接学习。因此许多大中学生厌弃教本里的文言，认为无益于写作，他们反对读古书，这也是主要的原因之一。倒是流行的《作文法》《修辞学》《文学概论》这些书，举例说明，往往古今中外兼容并包，青年人对这些书里的"古文今解"倒是津津有味的读着，并不厌弃似的。从中可以看出青年人虽不愿信古，不愿学古，可是给予适当帮助，他们却愿意也能够欣赏古文学，这也就是接受文学遗产了。

　　说到古今中外，我们自然想到翻译的外国文学。从新文学运动以来，语体翻译的外国作品数目不少，其中近代作品占多数；这几年更集中于现代作品，尤其是苏联的。但是希腊、罗马的古典，也有人译，有人读，直到最近都如此。《莎士比亚》至少也有两种译本。可见一般读者（自然是青年人多），对外国的古典也在爱好着。可见只要能够让他们接近，他们似乎是愿意接受文学遗产的，不论中外。而事实上外国的古典倒容易接受些。有些青年人以为古书古文学里的生活跟现代隔得太远，远得渺渺茫茫的，所以他们不能也不愿意接受那些。但是国外古典该隔得更远了，怎么事实上反倒容易接受些呢？我想从头来说起，古人所谓"人情不相远"是有道理的。尽管社会组织不一样，尽管意识形态不一样，人情总还有不相远的地方。喜怒哀乐爱恶欲总还是喜怒哀乐爱恶欲，虽然对象不尽同，表现也不尽同。对象和表现的不同，由于风俗习惯的不同；风俗习惯的不同，由于地理环境和社会组织的不同。使我们跟古代跟外国隔得远的，就是这种风俗习惯；而使我们跟古文学跟外国文学隔得远的尤其是可以算作风俗习惯的一环的语言文字。语体翻译的外国文学打通了这一关，所以倒比古文学容易接受些。

人情或人性不相远，而历史是延续的，这才说得上接受古文学。但是这是现代，我们有我们的立场。得弄清楚自己的立场，再弄清楚古文学的立场，所谓"知己知彼"，然后才能分别出那些是该扬弃的，那些是该保留的。弄清楚立场就是清算，也就是批判；"批判的接受"就是一面接受着，一面批判着。自己有立场，却并不妨碍了解或认识古文学，因为一面可以设身处地为古人着想，一面还是可以回到自己立场上批判的。这"设身处地"是欣赏的重要的关键，也就是所谓"感情移入"。个人生活在群体中，多少能够体会别人，多少能够为别人着想。关心朋友，关心大众，恕道和同情，都由于设身处地为别人着想；甚至"替古人担忧"也由于此。演戏，看戏，一是设身处地的演出，一是设身处地的看人。做人不要做坏人，做戏有时候却得做坏人。看戏恨坏人，有的人竟会丢石子甚至动手去打那戏台上的坏人。打起来确实过了分，然而不能不算是欣赏那坏人做得好，好得教这种看戏的忘了"我"。这种忘了"我"的人显然没有在批判着。有批判力的就不致如此，他们欣赏着，一面常常回到自己，自己的立场。欣赏跟行动分得开，欣赏有时可以影响行动，有时可以不影响，自己有分寸，做得主，就不至于糊涂了。读了武侠小说就结伴上峨眉山，的确是糊涂。所以培养欣赏力同时得培养批判力，不然，"有毒的"东西就太多了。然而青年人不愿意接受有些古书和古文学，倒不一定是怕那"毒"，他们的第一难关还是语言文字。

打通了语言文字这一关，欣赏古文学的就不会少，虽然不会赶上欣赏现代文学的多。语体翻译的外国古典可以为证。语体的旧小说如《水浒传》《西游记》《红楼梦》《儒林外史》，现在的读者大概比二三十年前要减少了，但是要拥有相当广大的读众。这些人欣赏打虎的武松，焚稿的林黛玉，却一般的未必崇拜武松，尤其未必崇拜林黛玉。他们欣赏武松的勇气和林黛玉的痴情，却嫌武松无知识，林黛玉不健康。欣赏跟崇拜也是分得开的。欣赏是情感的操练，可以增加情感的广度、深度，也可以增加高度。欣赏的对象或古或今，或中或外，影响行动或浅或深，但是那影响总是间接的；直接的影响是在情感上。有些行动固然可以直接影响情感，但欣赏的机会似乎更容易得到些。要培养情感，欣赏的机会越多越好，就文学而论，古今中外越多能欣赏越好。其间古文和外国文学都有一道难关，语言文字。外国文学可用语体翻译，古文学的难关该也不难打通的。

我们得承认古文确是"死文字"，死语言，跟现在的语体或白话不是一种语言。这样看，打通这一关也可以用语体翻译。这办法早就有人用过，现代也还有人用着。记得清末有一部《古文析义》，每篇古文后边有一篇白话的解释，其实就是逐句的翻译。那些翻译够清楚的，虽然啰唆些。但是那只是一部不登大雅之堂的启蒙书，不曾引起人们注意。五四运动以后，整理国故引起了古书今译。顾颉刚先生的《盘庚篇今译》（见《古史辨》），最先引起我们的注意。他是要打破古书奥妙的气氛，所以将《尚书》里佶屈聱牙的这《盘庚》三篇用语体译出来，让大家看出那"鬼治主义"的把戏。他的翻译很谨严，也够确切，最难得的，又是三篇简洁明畅的白话散文，独立起来看，也有意思。近来郭沫若先生在《由周代农事诗论到周代社会》一文（见《青铜时代》）里翻译了《诗经》的十篇序，风雅颂都有。他是用来论周代社会的，译文可也都是明畅的素朴的白话散文诗。此外还有将《诗经》《楚辞》和《论语》作为文学来今译的，都是有意义的尝试。这种翻译的难处在乎译者的修养，他要能够了解古文学，批判古文学，还要能够照他所了解与批判的译成艺术性的或有风格的白话。

　　翻译之外，还有讲解，当然也是用白话。讲解是分析原文的意义并加以批判，跟翻译不同的是以原文为主。笔者在《国文月刊》里写的《古诗十九首集释》，叶绍钧先生和笔者合作的《精读指导举隅》（其中也有语体文的讲解），浦江清先生在《国文月刊》里写的《词的讲解》，都是这种尝试。有些读者嫌讲得太琐碎，有些却愿意细心读下去。还有就是白话注释，更是以读原文为主。这虽然有人试过，如《论语》白话注之类，可只是敷衍旧注，毫无新义，那注文又啰里啰唆的。现在得从头做起，最难的是注文用的白话，现行的语体文里没有这一体，得创作，要简明朴实。选出该注释的词句也不易，有新义更不易。此外还有一条路，可以叫作拟作。谢灵运有《拟魏太子邺中集》，综合的拟写建安诗人，用他们的口气作诗。江淹有《杂拟诗》三十首，也是综合而扼要的分别拟写历代无名的五言诗人，也用他们自己的口气。这是用诗来拟诗。英国麦克士·比罗姆著《圣诞花环》，却以圣诞节为题用散文来综合的扼要的拟写当代各个作家。他写照了各个作家，也写照了自己。我们不妨如法炮制，用白话来尝试。以上四条路都通到古文学的欣赏；我们要接受古代作家文学遗产，就可以从这些路子走近去。

现代人眼中的古代

——介绍郭沫若著《十批判书》

约莫十年前，冯友兰先生提出"释古"作为我们研究古代文化的态度。他说的"释古"，是对向来的"尊古""信古"和近代的"疑古"而言，教我们不要一味的盲信，也不要一味的猜疑，教我们客观的解释古代。但这是现代人在解释，无论怎样客观，总不能脱离现代人的立场。即如冯友兰先生的《中国哲学史》的分期，就根据了种种政治经济社会的变化，而不像从前的学者只是就哲学谈哲学，就文化谈文化。这就是现代人的一种立场。现代知识的发展，让我们知道文化是和政治经济社会分不开的，若将文化孤立起来讨论，那就不能认清它的面目。但是只求认清文化的面目，而不去估量它的社会作用，只以解释为满足，而不去批判它对人民的价值，这还只是知识阶级的立场，不是人民的立场。

有些人看到了这一点，努力的试验着转换立场来认识古代，评价古代。中国古代社会史论战就是这样开始的。这大概是二十五年前的事了。但是这个试验并不容易。先得对古代的纪录有一番辨析和整理工夫，然后下手，才能有些把握，才不至于曲解，不至于公式化。而对人民的立场，也得多少经过些实际生活的体验，才能把握得住；若是只凭空想，也只是公式化。所以从迷信古代，怀疑古代到批判古代，中间是得有解释古代这一步工作才成。这一步工作，让我们熟悉古代文化，一点一滴的将它安排在整个社会里来看。我们现在知道若是一下子就企图将整个古代文化放在整个社会机构里来看，那是不免于生吞活剥的。

说到立场，有人也许疑心是主观的偏见而不是客观的态度，至少也会妨碍客观的态度。其实并不这样。我们讨论现实，讨论历史，总有一个立场，不过往往是不自觉的。立场大概可别为传统的和现代的；或此或彼，总得取一个立场，才有话可说。就是听人家说话，读人家文章，或疑或信，也总有一个立场。立场其实就是生活的态度，谁生活着总有一个对于生活的态度，自觉的或不自觉的。对古代文化的客观态度，也就是要设身处地理解古人的立场，体会古人的生活态度。盲信古代是将自己一代的愿望投影在古代，这是传统的立场。猜疑古代是将自己一代的经验投影在古代，这倒是现代的立场。但是这两者都不免强古人就我，将自己的生活态度，当作古人的生活态度，都不免主观的偏见。客观的解释古代，的确是进了一步。理解了古代的生活态度，这才能亲切的做那批判的工作。

中国社会史论战结束的时候，郭沫若先生写成了他的《中国古代社会研究》。这是转换立场来研究中国古代的第一部系统的著作，不但"博得了很多的读者"，也发生了很大的影响。抗战以来的许多新史学家，似乎多少都曾受到这部书的启示。但是郭先生在《十批判书》里，首先就批判这部书，批判他自己。他说：

> 我首先要谴责自己。我在一九二〇年发表了《中国古代社会研究》那一本书，虽然博得了很多的读者，实在是太草率，太性急了。其中有好些未成熟的或甚至错误的判断，一直到现在还留

下相当深刻的影响。有的朋友还沿用着我的错误的征引，而又引到另一错误的判断，因此关于古代的面貌，引起了许多新的混乱。

我们相信这是他的诚实的自白。
但是他又说：

关于秦以前的古代社会的研究，我前后费了将近十五年的工夫，现在是能达到了能够作自我批判的时候，也就是说能够作出比较可以安心的序说的时候。

我们也相信这是他的诚实的自白。在《后记》里又说：

秦汉以前的材料，差不多我彻底剿翻了。考古学上的，文献学上的，文字学，音韵学，因明学，就我所能涉猎的范围内，我都作了尽我可能的准备和耕耘。

有了上段说的"将近十五年的工夫"和这儿说的"准备和耕耘"，才能写下这一部《十批判书》。

最重要的，自然还是他的态度。《后记》里也说得明白：

> 批评古人，我想一定要同法官断狱一样，须得十分周详，然后才不致冤曲。法官是依据法律来判决是非曲直的，我呢是依据道理。道理是什么呢？便是以人民为本位的这种思想，合乎这种道理的便是善，反之便是恶。我之所以比较推崇孔子和孟轲，也因为他们的思想在各家中是比较富于人民本位的色彩的。

这"人民本位"的思想，加上郭先生的工夫，再加上给了他"精神上的启蒙"的辩证唯物论，就是这一部《十批判书》之所以成为这一部《十批判书》。

十篇批判，差不多都是对于古代文化的新解释和新评价，差不多都是郭先生的独见。这些解释和评价的新处，《后记》中都已指出。郭先生所再三致意的有两件事：一是他说周代是奴隶社会而不是新意义的封建社会。二是他说"在公家腐败，私门前进的时代，孔子是扶助私门而墨子是袒护公家的"。他"所见到的孔子是由奴隶社会变为封建社会的那个上行阶段中的前驱者"，而墨子"纯全是一位宗教家，而且是站在王公大人立场的人"。这两层新史学家都持着相反的意见，郭先生赞同新史学家的立场或态度，却遗憾在这两点上彼此不能相同。我们对于两造是非很不容易判定。但是仔细读了郭先生的引证和解释，觉得他也是持之有故，言之成理的。在后一件上，他似乎是恢复了孔子的传统地位。但这是经过批判了的，站在人民的立场上重新估定的，孔子的价值，跟从前的盲信不能相提并论。

连带着周代是奴隶社会的意见，郭先生并且恢复了传统的井田制。他说"施行井田的用意"，"一是作为榨取奴隶劳力的工作单位，另一是作为赏赐奴隶管理者的报酬单位"。他说：

> 井田制的破坏，是由于私田的产生，而私田的产生，则由于奴隶的剩余劳动之尽量榨取。这项劳动便是在井田制的母胎中破坏了井田制的原动力！

这里用着辩证唯物论，但我们不觉得是公式化。他以为春秋宣公十五年"初税亩"三个字"确是新旧两个时代的分水岭"，"因为在这时才正式的承认了土地的私有"。"这的确是井田制的死刑宣布，继起的庄园制的汤饼会。"

传统之所以为传统，有如海德格尔所说"凡存在的总是有道理的"。我们得研究那些道理，那些存在的理由，一味的破坏传统是不公道的。郭先生在新的立场上批判的承认了一些传统，虽然他所依据的是新的道理，但是传统的继续存在，却多少能够帮助他的批判，让人们起信。因为人们原就信惯了这些传统，现在意义虽然变了，信起来总比较崭新的理论容易些。郭先生不但批判的承认了一些传统，还阐明了一些，找补了一些。前者如"吕不韦与秦王政"，阐明"秦始皇与吕不韦，无论在思想上同政见上，完全是立于两绝端"。"吕不韦是代表着新兴阶层的进步观念，而企图把社会的发展往前推进一步的人，秦始皇则相反，他是站在奴隶主的立场，而要把社会扭转。"这里虽然给予了新评价，但秦始皇的暴君身份和他对吕不韦找冲突，是传统里有的。

后者如儒家八派，稷下黄老学派，以及前期法家，都是传统里已经失掉的一些连环，郭先生将它们找补起来，让我们认清楚古代文化的全貌，而他的批判也就有了更充实的根据。特别是稷下黄老学派，他是无意中在《管子》书里发现了宋钘、尹文的遗著，因而"此重要学派重见天日，上承孔墨，旁逮孟庄，下及荀韩，均可得其联锁"。他又"从《墨经》上下篇看出了墨家辩者有两派的不同"："上篇盈坚白，别同异"，"下篇离坚白，合同异"。"这个发现在《庄子》以后是为前人所从未道过的。"对于名家辩者的一些"观念游戏"或"诡辞"，他认为必然有它们的社会属性。如惠施的"山渊平，天地比"，"是晓示人民无须与王长者争衡"，高低原只是相对的。又如公孙龙的"白马非马"，可以演绎为"暴人非人"，那么杀暴人非杀人，暴政就有了借口。

郭先生的学力，给他的批判提供了充实的根据，他的革命生活，亡命生活和抗战生活，使他亲切的把握住人民的立场。他说"现在还没有达到可以下结论的时候，自然有时也不免要用辩论的笔调"。他的辩论的笔调，给读者启示不少。他"要写得容易懂"，他写得确是比较容易懂；特别是加上那带着他的私人情感的《后记》，让人们更容易懂。我推荐给关心中国文化的人们，请他们都读一读这一部《十批判书》。

（《大公报》，三十六年）

什么是中国文学史的主潮？

——林庚著《中国文学史》序

中国文学史的编著有了四十多年的历史，但是我们的文学史的研究实在还在童年。文学史的研究得有别的许多学科做根据，主要的是史学，广义的史学。这许多学科，就说史学罢，也只在近三十年来才有了新的发展，别的社会科学更只算刚起头儿。这样，我们对文学史就不能存着奢望。不过这二十多年来的文学史，的确有了显著的进步。早期的中国文学史大概不免直接间接的以日本人的著述为样本，后来是自行编纂了，可是还不免早期的影响。这些文学史大概包罗经史子集直到小说戏曲八股文，像具体而微的百科全书，缺少的是"见"，是"识"，是史观。叙述的纲领是时序，是文体，是作者；缺少的是"一以贯之"。这二十多年来，从胡适之先生的著作开始，我们有了几部有独见的中国文学史。胡先生的《白话文学史》上卷着眼在白话正宗的"活文学"上，郑振铎先生的插图本《中国文学史》着眼在"时代与民众"以及外来的文学的影响上。这是一方面的进展。刘大杰先生的《中国文学发展史》上卷着眼在各时代的文学主潮和主潮所接受的文学以外的种种影响。这是又一方面的发展。这两方面的发展相辅相成，将来是要合而为一的。

林静希先生（庚）这部《中国文学史》也着眼在主潮的起伏上。他将文学的发展看作是有生机的，由童年而少年而中年而老年；然而文学不止一生，中国文学是可以再生的，他所以用《文艺曙光》这一章结束了全书。他在《关于写〈中国文学史〉》一篇短文里说他的"书写到'五四'以前，也正是计划着，若将来能有机会写一部新文学史的时候，可以连续下去"。这部新文学史该是从童年的再来开始。因此著者常常指明或暗示我们的文学和文化的衰老和腐化，教我们警觉，去摸索光明。照那篇文里说的，他计划写这部文学史，远在十二年以前，那时他想着"思想的形式与人生的情绪"是"时代的特征"，也就是主潮。这与他的生机观都反映着"五四"那时代。他说"热心于社会改造的人们，以为伟大的文艺就是有助于理想社会的文艺，但爱好文艺的人们，却正以为那理想的社会，必然的是须接近于文艺的社会"。他"相信，那能产生优秀文艺的时代，才是真正伟大的"，因此"只要求那能产生伟大文艺的社会"。明白了著者的这种态度，才能了解他的这部《中国文学史》。

著者有"沟通新旧文学的愿望"。他说"这原来正是文学史应有的任务，所以这部书写的时候，随时都希望能说明一些文坛上普遍的问题，因为普遍的问题自然就与新文学特殊的问题有关"。这确是"文学史应有的任务"，在当前这时代更其如此，著者见到了这一层，值得钦佩。书中提出的普遍的问题，最重要的似乎是规律与自由，模仿与创造——是前两种趋势的消长和后两种趋势的消长。著者有一封来信，申说他书中的意见。他认为"形式化"或"公式化"也就是"正统化"，是衰老和腐化的现象。因此他反对模仿，模仿传统固然不好，模仿外国也不好。在上面提到的那篇文里他说："我们应当与世界上寻觅主潮的人士，共同投身于探寻的行列中，我们不应当在人家还正在未可知的摸索着的时候，便已经开始模仿了。"信里说他要求解放，但是只靠外来的刺激引起解放的力量是不能持久的，得自己觉醒，用极大的努力"唤起一种真正的创造精神"，而"创造之最高标帜"是文学。

著者认为《诗经》代表写实的"生活的艺术"，所歌咏的是一种"家的感觉"，后来变为儒家思想，却形成了一种束缚或规律。《楚辞》代表"相反的浪漫的创造的精神"，所追求的是"一种异乡情调和惊异"，也就是"一种解放的象征"。这两种势力在历代文坛上是此消彼长的。这里推翻了传统的《诗》《骚》一贯论，否认《骚》出于《诗》。《骚》和《诗》的确是各自独立的，这是中国诗的两大源头。但是得在《诗经》后面加上乐府，乐府和《诗经》在精神上其实是相承的。书中特别强调屈原的悲哀，个人的悲哀，著者认为这种悲哀的觉醒是划时代的。这种悲哀，古人也很重视，班固称为"圣人失志"，确是划时代的。是从屈原起，才开始了我们的自觉的诗的时代。著者在那信里认为中国是"诗的国度"，故事是不发展的。"《楚辞》的少年精神直贯唐诗"，可是少年终于变成中年，文坛从此就衰歇了。唐代确是我们文化的一个分水岭，特别是安史之乱。从此民间文学捎带着南朝以来深入民间的印度影响，抬起了头一步步深入士大夫的文学里。替代衰弱的诗的时代的是散文时代，戏剧和小说的时代；故事受了外来的影响在长足的进展着。著者是诗人，所以不免一方面特别看重文学，一方面更特别看重诗；但是他的书是一贯的。

著者用诗人的锐眼看中国文学史，在许多节目上也有了新的发现，独到之见不少。这点点滴滴大足以启发研究文学史的人们，他们从这里出发也许可以解答些老问题，找到些新事实，找到些失掉的连环。著者更用诗人的笔写他的书，虽然也叙述史实，可是发挥的地方更多；他给每章一个新颖的题目，暗示问题的核心所在，要使每章同时是一篇独立的论文，并且要引人入胜。他写的是史，同时要是文学；要是著作也是创作。这在一般读者就也津津有味，不至于觉得干燥，琐碎，不能终篇了。这在普及中国文学史上是会见出功效来的，我相信。

（三十六年）

日常生活的诗

——萧望卿《陶渊明批评》序

中国诗人里影响最大的似乎是陶渊明，杜甫，苏轼三家。他们的诗集，版本最多，注家也不少。这中间陶渊明最早，诗最少，可是各家议论最纷纭。考证方面且不提，只说批评一面，历代的意见也够歧异够有趣的。本书《历史的影像》一章颇能扼要的指出这个演变。在这纷纷的议论之下，要自出心裁独创一见是很难的。但这是一个重新估定价值的时代，对于一切传统，我们要重新加以分析和综合，用这时代的语言表现出来。本书批评陶诗，用的正是现代的语言，一鳞一爪，虽然不是全豹，表现着陶诗给予现代的我们的影像。这就与从前人不同了。

文学批评，从前人认为小道。这中间又有分别。就说诗罢，论到诗人身世情志，在小道中还算大方，论到作风以及篇章字句，那就真是"玩物丧志"了。这种看法原也有它正大的理由。但诗人的情和志主要的还是表现在篇章字句中，一概抹煞，那情和志便成了空中楼阁，难以捉摸了。我们这时代，认为文学批评是生活的一部门，该与文学作品等量齐观。而"条条路通罗马"，从作家的身世情志也好，从作品以至篇章字句也好，只要能以表现作品的价值，都是文学批评之一道。兼容并包，才真能成其为大。本书二三章专论陶诗的作品和艺术，不厌其详。从前人论陶诗，以为"质直""平淡"，就不从这方面钻研进去。但"质直""平淡"也有个所以然，不该含糊了事。本书详人所略，便是向这方面努力，要完全认识陶渊明，这方面的努力是不可少的。

陶渊明的创获是在五言诗，本书说，"到他手里，才是更广泛的将日常生活诗化"，又说他"用比较接近说话的语言"，是很得要领的。陶诗显然接受了玄言诗的影响。玄言诗虽然抄袭《老》《庄》，落了套头，但用的似乎正是"比较接近说话的语言"。因为只有"比较接近说话的语言"，才能比较的尽意而入玄，骈俪的词句是不能如此直截了当的。那时固然是骈俪时代，然而未尝不重"接近说话的语言"。《世说新语》那部名著便是这种语言的纪录。这样看陶渊明用这种语言来作诗，也就不是奇迹了。他之所以超过玄言诗，却在他摆脱那些《老》《庄》的套头，而将自己日常生活化入诗里。钟嵘评他为"隐逸诗人之宗"，断章取义，这句话是足以表明渊明的人和诗的。

至于他的四言诗，实在无甚出色之处。历来评论者推崇他的五言诗，因而也推崇他的四言诗，那是有所蔽的偏见。本书论四言诗一章，大胆的打破了这种偏见，分别详尽的评价各篇的诗，结论虽然也有与前人相合的，但全章所取的却是一个新态度。这一章是值得大书特书的。

（天津《民国日报》，三十五年）

民众文学谈

　　俄国托尔斯泰在他的《艺术论》里极力抗议现在所谓优美的艺术。他说："其实我们的艺术……却只是人类一部分极少数的艺术。"[1] 又说："凡我们所有的艺术都认为真实的、唯一的艺术；然而不但是人类的三分之二（亚洲、非洲的民族）生生死死，不知道这种唯一的高尚艺术，并且就在基督教社会里也不过是百分之一的人能享受我们所称的'全'艺术，其余百分之九十九的欧洲人，还是一代一代生生死死，做极劳苦的工作，永没有享受着艺术的滋味——就是间或能享受着，也决不会恍然'了解'。"[2] 法国罗曼·罗兰在他的《演剧论》末所附的宣言里，也有同

---

[1]　耿译《艺术论》87页。

[2]　耿译《艺术论》88页。

样的抗议："艺术今为利己主义及无政府的混乱所苦。少数之人擅艺术之特权，民众反若见摈于艺术之外。……欲救艺术……必以一切之人悉入于一切世界之中。……为万人之快乐而经营之。不当存阶级之见，有如所谓下等社会、知识阶级云云者；亦不当为一部分之机械，有如所谓宗教、政治、道德，乃至社会云云者。吾人非欲于过去、未来有所防遏，特有表白现在一切之权利而已。……吾人之所愿友者，能求人类之理想于艺术之中，探友爱之理想于生活之中者也；能不以思索与活动与美，民众与优秀为各相分立者也。中流之艺术今已入于衰老之境矣；欲使其壮健有生气，则唯有借民众之力……"[1] 这两位伟大的作者十分同情于那些被艺术忘却的人们，所以有这样真诚的呼吁；他们对于旧艺术的憎恶和对于新艺术的希望，都热烈到极点。照他们意思，从前艺术全得推翻，没有改造的余地；新兴的艺术家只须"借了民众之力"，处处顾到托尔斯泰所谓"全人类的享受"，自不难白手成家。于是乎离开民众便无艺术——他俩这番精神，我们自然五体投地地佩服；见解呢，却便很有可商量的地方了。

---

① 《近代思想》下卷 453 页。

如今且撇开雕刻、绘画、音乐等等，单谈文学。托尔斯泰和罗兰自然都主张民众文学。但民众文学可以有两种解释：一是民众化的文学，以民众的生活理想为中心，用了谁都能懂得的方法表现。凡称文学，都该如此；民众化外，便无文学了。二是为民众的文学，性质也和第一种相同；但不必将文学全部民众化了，只须在原有文学外，按照民众的需要再行添置一种便好。——正如有人主张，在原有文学外，按照儿童的需要，再行建设一种儿童文学一样。托尔斯泰和罗兰所主张的是第一种。他们以为文学总该使大多数能够明白；前者说"人类的享受"，后者说"万人之快乐"，都是此意。他们这样牺牲了少数的受用，蔑视了他们的进步的要求了。这自然是少数久主文坛的反动。公平说来，从前文学摈斥多数，固然是恶；现在主张蔑视少数的文学，遏抑少数的赏鉴力的文学，怕也没有充分的理由罢！因为除掉数目的势力以外，摈斥多数的赏鉴权，正和遏抑少数的赏鉴力一样是偏废。况且文学一面为人生，一面也有自己的价值；他总得求进步。民众化的文学原也有进步，因为民众的理解和理解力是进步的。但多数进步极慢；快的是少数。所以文学的长足的进步是必要付托给那少数有特殊赏鉴力的非常之才的了。他们是文学的先驱者。先驱者的见解永不会与民众调和；他们始终得领着。易卜生说得好："……我从前每作一本戏时的主张，如今都已渐渐变成了很多数人的主张。但是等到他们赶到那里时，我久已不在那里了。我又到别处去了。我希望我总是向前去了。"[①] 这样，为公道和进步起见，在"多数"的文学外，不能不容许多少异质的少数的文学了。多数自然不能赏鉴那个；于是文学不能全部民众化，是显然了。于是便成就了文学和民众文学的对立；虽为托尔斯泰、罗兰所不赞成，却也无法变更事实。——这……这里民众文学是第二种，称为"为民众的文学"的便是，这对立的理由极为明了；就如食量大的人总该可以吃得多些，断不能叫他饿着肚子，只吃和常人同量的食物。取精神的食粮的，也正如此。——托尔斯泰说："……这种全民族所公有的艺术，彼得以前在俄国就有，在十三世纪、十四世纪以前的欧洲社会也有。自从欧洲社会上等阶级不致信于教会信条，却又不信仰真实的基督教以后，他们所谓艺术，更谈不到全人类艺术一层。自此以后，上等阶级的艺术已与全平民的艺术相离，而分为两种：平民的艺术和贵族的艺

---

① 胡适之《易卜生主义》。

术。……"①托尔斯泰颇惋惜艺术的分离；他归咎于不信教。他是个教徒，自然这样说。但从我们看来，这个现象正是艺术的分化，正是他由浑之化的历程，正是他的进步，喜还不及，何所用其悼惜呢！

但这里有个重要的问题，便是"少数人擅着艺术的特权"那件事。他们有些见解，正和托尔斯泰、罗兰相反。他们托大惯了，要他们如乌兹屋斯（Wordsworth）所说"从悬想的高下降"，建设所谓"为民众的文学"，只怕他们有所不屑为罢！但这也好办，他们的权原是社会授予的；我们只消借我们所新建设的向社会要求便了。好在是"为民众的文学"，雅俗可以共赏，社会的同情是不难获得的。——这样，权便慢慢转移了。有志于民众文学的朋友，只管前进啊，最后的胜利，终归是你们的。

我所谓文学和民众文学并无根本的不同。我们不能承认二者间有如托尔斯泰所说的那样隔绝，甚至所谓优美的艺术"不但不能抬高工人们的心灵，恐怕还要引坏他"②。我们只说"文学"的情调比较错综些、隐微些，艺术也比

---

① 耿译《艺术论》88 页。

② 耿译《艺术论》92 页。

较繁复些、致密些、深奥些便了。俄国克鲁泡特金说:"各种艺术都有一种特用的表现法,便是将作者的感情传染与别人的方法。所以要想懂得他,须有相当的一番习练;即便最简单的艺术品,要正当地理解他,也非经过若干习练不可。……"[①] 所谓特用的表现法,便是特殊的艺术。克鲁泡特金用这些话批评托尔斯泰,却比他公允多了。但须知两种文学虽有难易的不同,却无价值的差异。他们各有各的特殊的趣味;民众文学有他单纯的、质朴的、自然的风格,文学也有他的多方面的风格。所以他们各有自己存在的价值。所谓文学的进步,只是增加趣味的方面罢了;并非将原有的趣味淘汰了,另换上新兴的趣味。因为这种趣味,如德国耶路撒冷(Jerusalem)所说,是心的"机能的要求(Functional Demand)",只有发展,不会消失。我敢相信,便一直到将来,只要人的生物性没有剧烈的变更,无论文学如何进步,现在民众文学所有几种趣味,将更加浓厚,并仍和别方面文学的趣味有同等的价值。所以"为

---

① 《克鲁泡特金的思想》内《克氏的文学观》。

民众的文学"绝不是骈枝的文学，更不是第二流的文学。

论到中国的民众文学，却颇令人黯然。据我所知，从来留意到民众的文人，只有唐朝白居易。他的诗号称"老妪都解"，又多歌咏民生疾苦，当时流行颇广。倘然有人问我中国的民众文学，我首先举出的必是他的《秦中吟》一类的诗了。近代通俗读物里，能称为文学的绝少。看了刘半农的《中国下等小说》一文，知道所谓下等小说的思想之腐败，文字之幼稚，真不禁为中国民众文学前途失声叹息！

但在现在要企图民众的觉醒，要培养他们的情感，灌输他们的知识，还得从这里下手才是正办。不先洗了心，怎样革面呢？这实是一件大事业，至少和建设国语文学和儿童文学一样重要，须有一班人协力去做，才能有效。现在谁能自告奋勇，愿负了这个大任呢？

进行的方法，我也略略想了。一、搜辑民间歌谣、故事之类加以别择或修订。二、体贴民众的需要而自作，态度要严肃、平等；不可有居高临下的心思，须知我也是民众的一个。地方色彩，不妨浓厚一些。"文章要简单、明了、匀整；思想要真实、普遍。"① 三、印刷格式都照现行下等小说，——所谓旧瓶装新酒，使人看了不疑。最好就由专印下等小说的书局（如上海某书局）印刷发行。四、如无相当的书局，只好设法和专卖下等小说的接洽，托他们销售。卖这种小说的有背包的和摆摊的两种：前者大概在茶楼、旅馆、轮船上兜售；后者大概在热闹市街上求售。倘然我们能将民众文学书替代了他们手中的下等小说，他们将由传染瘟疫的霉菌一变而为散布福音的天使了！

1921 年 10 月 10 日。

---

① 参看周作人《儿童的文学》。

民众文学的讨论

我从前曾作过一篇《民众文学谈》，以两种意义诠释所谓民众文学：一是"民众化的文学"，二是"为民众的文学"。我以为只能有后一种，而前一种是不可能；因为照历来情形推测起来，文学实不能有全部民众化之一日。在那篇文里，我并极力抗议托尔斯泰一派遏抑少数的赏鉴力的主张，而以为遏抑少数的赏鉴力（如对于宏深的、幽渺的风格的欣赏）和摈斥多数的赏鉴权一样是偏废。我的意思，多数的文学与少数的文学应该有同等的重要，应该相提并论。现在呢，我这根本主张虽还照旧，但态度却已稍有不同。因为就事实而论，现在文坛上还只有少数的文学，不曾见多数的文学的影子；虽然有人大叫，打倒少数人优美的文学，建设"万人"的文学、"全人类"的文学，实际上却何曾做到千万分之一！所以遏抑少数的赏鉴力一层，在现在和最近的将来里，正是不必忧虑的事。而多数的赏鉴权被摈斥，倒真是眼前迫不可掩的情形！文坛上由少数人独霸，多数已被叠压在坛下面；这样成了偏畸的局势。在这种局势里，我们若能稍稍权衡于轻重缓急之间，便可知道我们所应该做的，是建设为民众的文学，而不是拥护所谓优美的文学。我们要矫正现势的这一端的偏畸，便不得不偏向那一端努力，以期扯直。所以我现在想，优美的文学尽可搁在一边，让他自然发展，不必去推波助澜；一面却须有些人大声疾呼，为民众文学鼓吹，并且不遗余力地去搜辑、创作，——更要亲自"到民间去"！这样，民众的觉醒才有些希望；他们的赏鉴权才可以恢复呵。日本平林初之辅说得好："民众艺术的问题不是纯粹艺术学的问题，乃是今日的艺术的问题。"① 我们所该以全力解决的，便是这"今日的艺术的问题"！

说为"民众"的文学，容易惹起一种误会，这里也得说明。我们用"民众"一词，并没有轻视民众的意味，更没有侮辱他们的意思。从严正的论理上说，我们也正是一

---

① 见《小说月报》12 卷 11 号海晶君所译《民众艺术的理论和实际》一文。

种民众；"为民众"只是"为和我们同等的别些种民众"的意义。——虽然我们因为机会好些，知与情或者比他们启发得多些；但决不比他们尊贵些。"为民众"的"为"字，只是"为朋友帮忙"一类意义，并非慈善家居高临下，慨施乐助的口吻。但是这民众究竟指着那些人呢？我且参照俞平伯君所说，拟定一个答案。我们所谓民众，大约有这三类：一、乡间的农夫、农妇；他们现在所有的是口耳相传的歌谣、故事之类，间有韵文的叙事的歌曲；以及旧戏。二、城市里的工人、店伙、佣仆、妇女以及兵士等；他们现在所有的是几种旧小说，如《彭公案》《水浒》之类和各种石印的下等小说，如什么《风流案》《欢喜冤家》之类，以及旧戏；韵文的叙事的歌曲，也为他们所喜。另有报纸上（如上海几种销行很广的报）的游戏小说（因为这种小说，大概是用游戏的态度去做的，故定了这个名字），间或也能引起他们中一部分人的注意。三、高等小学高年级学生和中等学校学生、商店或公司的办事人、其他各机关的低级办事人、半通的文人和妇女，他们现在所有的是各种旧小说——浅近的文言小说和白话的章回小说、报纸上的游戏小说、"《礼拜六》派"的小说以及旧戏和文明新戏。我这样分类，自知不能全然合理；只因观察未周，姑且约略区划以便说明而已。在三类外，还有那达官、贵绅、通人、名士。他们或因无事忙，或因眼光高，大概无暇或不屑去看小说；诗歌虽有喜欢的，但决不喜欢通俗的诗歌。戏剧呢，虽有时去看看，但也只是听歌、赏色，并非要领略剧中情节。所以这班人是在民众文学的范围以外；幸而是很少数，暂时可以不必去管他们。在上述三类里，每类人知与情的深广之度大致相同，很少有特殊的例外，而第一类尤然。平伯君说民众不是齐一的，我却以为民众是相对地齐一的；我相信在知与情未甚发达的人们里，个性的参差总少些。惟其这样，民众文学才有普遍的趣味和效力；不然，芸芸的人们里将以谁为依据呢？因此，我大胆将民众分为三类。民众文学也正可依样分为这三类。

论到建设民众文学的途径，自然不外搜辑和创作两种；而搜辑更为重要。因为创作必有所凭依，断非赤手空拳所能办。凭依指民众的需要、趣味等。这些最好自己到民间去观察、体验，但在本来流行的读物和戏剧等里，也能看出大致的趋向，得着多少的帮助。再则，搜集来的材料又可供研究民俗学者参考；于民众别方面的改进，也有很大的益处。这种材料搜得后，最好先分为两大类：有些文学趣味的为一类；没有的为另一类。从后一类里，我们可以知道些民众的需要；从前一类里，我们并可以知道些他们的趣味。这一类里颇有不少大醇而小疵的东西；倘能稍加抉择、修订，使他们变为纯净，便都很有再为传播的价值。而且效力也许比创作的大。因为这些里都隐着民众的真切的影子，容易引起深挚的同情。初次着手创作，怕难有这样的力量，加以现在作手不多，成绩也怕难丰富；所以收效一定不能如抉择、修订的容易而广大。还有，将修订的东西传播开去，可以让人将他们和旧有的比较，引起思索和研究的兴趣；这也为创作所不及。至于搜辑的方法，却很难详细说明。就前分三类说，后二者较易着手，因为既经印行，便有着落；只有第一类，大都未经用文字记录，存在农夫、农妇以及儿童们的心里、口里，要去搜辑，必须不怕劳苦，不惜时日，才可有成。我以为要做这种事，总得有些同志，将他当作终生事业，当作宗教，分头分地去办，才行。鼓吹固然要紧，实行更为要紧；空言鼓吹，尽管起劲，又有何用！何以要分头分地呢？因为这种事若用广告征集的方法，坐地收成，一定不能见功。受用那些种读物的民众未必能懂得征集这事的意义，也未必留意他，甚至广告也未必看见；此外呢，又未必高兴做这事——自然也有不懂他的意义，和不留意他的。这样，收获自然有限！若由同志们组织小团体，分头到各地亲自切实去搜寻，当比一纸空文的广告效率大得多呵。例如北京大学两三年前就曾有过征集歌谣的广告，至今所得还不见多；而顾颉刚君以一人之力，在苏州一个地方，也只搜了三四年倒得了四百多首吴谚。两种方法效率的大小，由此可以推知！再有，第一类的东西，也非由各本地人分开搜辑不可。因为这种东西常带着很浓厚的乡土的色彩，如特殊的风俗和方言之类，非本地人简直不能了解、领会，并且无从揣摩；搜集起来自是十分不便。——而况地理、民情、方言，外乡人又都不及本地人熟悉呢？这一类东西又多是自古流传的，往往夹着些古风俗、古方言在内，也非加以考订不可。这却需着专门的学者。在搜辑民众文学的同志里，必不可少这样专门的学者。以上所说，大概是就小说、故事和歌谣而言；至于戏剧剧本的搜辑，却比较容易，因为已有许多册戏考做我们的凭借。

搜辑的材料，第一须分为两大类，前面已经说过。分类定后，可再就那些含有文学趣味的里面，审察一番，看那些是值得再为传播的。然后将这些理应该解释、考订的，分别加以解释、考订；那要修改的也就可着手修改。修改只须注意内容，形貌总以少加变动为是；便是内容的修改，也只可比原作进一步、两步，不可相差太远。——太远了，人家就不请教了！修改这件事本不容易；我们只记着，不要"求全责备"便好！现在该说到创作了。创作比修改自然更难，但也非如有些人所说，是绝不可能的事。有些人说，所谓民众的知与情和我们的在两个范围之内，我们至多只能立在第三者的地位，去了解他们，启发他们，却不能代他们想，代他们感，而民众文学的创作，正要设身处地做了民众，去想，去感，所以是不可能。但我不信人间竟有这样的隔膜；同是"上帝的儿子"，虽因了环境的参差，造成种种的分隔，但内心的力量又何致毫不相通呢！从前赵子昂画马，伏地作马形，便能揣摩出几分马的神气；异类还能这样相通，何况同类？而且以事实论，现在所有的民众读物里，除第一种大半出自民间，无一定的作者之外，其余两类东西，多出于我们所谓民众以外的作者之手；但都很风行，都很为民众所好。若非所写的情思与民众欣合无间，又何能至此？这多少可证明异范围的人们全然不能互相了解一说的谬误了。讲到民众文学的创作，可分题材与艺术两面。我惭愧得很，对于民众读物还不曾有着实的、充足的研究，实在说不出什么精彩的话来；只好将现在所能想到的拉杂的写下些，供同好的参考。要得创作新的，先须研究旧的；现在流行民众读物的题材是些什么呢？我所能知的是：

第一类　超自然的奇迹，有现实意味的幻想，语逆而理顺的机智，单纯而真挚的恋爱等。

第二类　肉欲的恋爱，侠义的强盗的事迹，由穷而达的威风，鬼神的事迹，中下层社会生活实况等。

第三类　才子佳人式的恋爱，礼教，黑幕，侦探案，不合理的生活等。

这些读物里的叙述与描写总有多少游戏、夸张的色彩，第二、三类里更甚；因此不能铸成强大、鲜明的印象。第二、三类里更有将秽亵、奸诈等事拿来挑拨、欣赏的；那却简直是毒物了；我们现在要创作，自然也得酌量采用这些种题材；不过从旧有的里面生吞活剥，是无效力的；我们亲自到民间去体验一番才能确有把握，不至游移不切。我们虽用旧材料，却要依新方法排列，使他们有正当不偏的倾向；态度宜郑重不苟，切忌带一毫游戏的意味！至于艺术方面，旧有的读物，除第一类外，似乎很少可取的地方。粗疏、浮浅、散乱是他们的通病，第一类里却多简单、明了、匀整的东西，所以是好。这里我们应该截长补短。创作民众文学第一要记着的，是非个人的风格，凡是流行的民众读物，必具有这种风格。非个人的风格正与个人的风格相反，一篇优美的文学，必有作者的人格、个性，深深地透映在里边，个性表现得愈鲜明、浓烈，作品便愈有力，愈能感动与他同情的人；这种作品里映出的个性，叫个人风格。个人的风格很难引起普遍的（多数人格）趣味。而民众文学里所需要的正是这种趣味；所以便要有非个人的风格。一篇民众文学的目的不在表现一个作者——假定只有一个作者——的性格，而在表现一类人的性格。一类人的性格大都是坦率、广漠的地方多，所以用不着委曲、锋利之笔。我们创作时，得客观地了解民众的心，不可妄加己见；不然，徒劳无益！作第一类的文学自然以简单、明了、匀整为主；第二、三类虽可较为复杂、曲折、散缓，但须因其自然，不可故意用力。篇幅长短，也宜依类递进，民众文学里又有一个特色，是"乡土风"，有些创作里必须保存这个，才有生命；我们也得注意。创作这种东西，要求妥适无疵，最好用托尔斯泰所做的方法。一篇东西作好，可将他读给预定的一类里比较聪明的人们听；读完，教他们照己意以为好的改头换面地复述一遍；便照复述的写下来，那一定容易有效。有时或可请他们给简单的批评，作修改的凭借。——以上是就写下来的民众文学立论。但民众文学单靠写与作，效力还不能大。我们须知民众除读物外，还有演戏，还有说书、唱曲。读物的影响固然大了，演戏、说书、唱曲的影响又何曾小呢！所以我们不但要求有些人能写，并要有些人能演、能说、能唱；肯演、肯说、肯唱，才能完成我们的民众文学运动！那演的、说的、唱的，旧有的或新作的都可；但演、说、唱的技术，却需一番特殊的练习。——另有影戏的创作与映演也极为紧要，但是比较难些了。

现在还剩一个问题，民众文学的目的是享乐呢？教导呢？我不信有板着脸教导的"文学"，因为他也不愿意在文学里看见他教师的端严的面孔。用教师的口吻在文学里，显然自己已搭了架子，谁还愿意低首下心来听你唠叨呢？罗曼·罗兰说得好："……其说法、教训，尤非避去不可。平民的朋友有一种法术，能够使极爱艺术的都嫌起艺术来。"又说："……民众较之有人教他们，还是希望有人把他们弄到能够了解。……他们希望有人把他们放在能够想、能够行动的状态。较之教师，他们还是希望朋友。……"①可见在民众文学里，更不宜于严正的教导了。所以民众文

----

① 均见前引《小说月报》12 卷 11 号一文中所引。

学的第一要件还在使民众感受趣味。但所谓使他们感受趣味，也与逢迎他们的心理，仅仅使他们喜悦不同。——若是这样，旧有的读物尽够用了，又何必要建设什么民众文学呢？我的意思，民众文学当有一种"潜移默化"之功，以纯正的、博大的趣味，替代旧有读物、戏剧等的不洁的、褊狭的趣味；使民众的感情潜滋暗长，渐渐地净化、扩充，要做到这一步，自然不能全以民众的一时的享乐为主，自然也当稍稍从理性上启发他们；不过这种启发的地方，应用感情的调子表现，不可用教导的口吻罢了。若竟做到这一步，民众自然能够自己向着正当的方向思想和行动；换句话说，民众就觉醒了，他们的文学赏鉴权也恢复了！

我们当"作为宣示者而到底里去"！

1922 年 1 月 18 日，杭州。

文艺的真实性

我们所要求的文艺，是作者真实的话，但怎样才是真实的话呢？我以为不能笼统的回答；因为文艺的真实性是有种别的，有等级的。

从"再现"的立场说，文艺没有完全真实的，因为感觉与感情都不能久存，而文艺的抒写，又必在感觉消失了，感情冷静着的时候，所以便难把捉了。感觉是极快的，感觉当时，只是感觉，不容作别的事。到了抒写的时候，只能凭着记忆，叙述那早已过去的感觉。感情也是极快的。在它热烈的时候，感者的全人格都没入了，那里有从容抒写之暇？——一有了抒写的动机，感情早已冷却大半，只剩虚虚的轮廓了。所以正经抒写的时候，也只能凭着记忆。从记忆里抄下的感觉与感情，只是生活的意思，而非当时的生活；与当时的感觉感情，自然不能一致的。不能一致，就不是完全真实了——虽然有大部分是真实的。

在大部分真实的文艺里，又可分为数等。自叙传性质的作品，比较的最是真实，是第一等。虽然自古哲人说自知是最难的，虽然现在的心理学家说内省是靠不住的，研究自己的行为和研究别人的行为同其困难，但那是寻根究底的话；在普通的意义上，一个人知道自己，总比知道别人多些，叙述自己的经验，总容易切实而详密些。近代文学里，自叙传性质的作品一日一日的兴盛，主观的倾向一日一日的浓厚；法朗士甚至说，一切文艺都是些自叙传。这些大约就因为力求逼近真实的缘故。作者唯恐说得不能入微，故只拣取自己的经验为题材，读者也觉作者为别人说话，到底隔膜一层，不如说自己的话亲切有味，这可叫做求诚之心，欣赏力发达了，求诚之心也便更觉坚强了。

叙述别人的事不能如叙述自己的事之确实，是显然的，为第二等。所谓叙述别人的事，与第三身的叙述稍有不同。叙别人的事，有时也可用第一身；而用第三身叙自己的事，更是常例。这正和自叙传性质的作品与第一身的叙述不同一样。在叙述别人的事的时候，我们所得而凭借的，只有记忆中的感觉，与当事人自己的话，与别人关于当事人的叙述或解释。——这所谓当事人，自然只是些"榜样"Model。将这些材料加以整理，仔仔细细下一番推勘的工夫，体贴的工夫，才能写出种种心情和关系；至于显明性格或脚色，更需要塑造的工夫。这些心情，关系和性格，都是推论所得的意思；而推论或体贴与塑造，是以自己为标准的。人性虽有大齐，细端末节，却是千差万殊的，这叫做个性。人生的丰富的趣味，正在这细端末节的千差万殊里。能显明这千差万殊的个性的文艺，才是活泼的，真实的文艺。自叙传性质的作品，确能做到一大部分；叙述别人的事，却就难了。因为我们的叙述，无论如何，是以自己为标准的；离不了自己，那里会有别人呢？以自己为标准所叙别人的心情，关系，性格，至多只能得其轮廓，得其形似而已。自叙凭着记忆，已是间接；这里又加上了推论，便间接而又间接了；愈间接，去当时当事者的生活便愈远了，真实性便愈减少了。但是因为人性究竟是有大齐的，甲所知于别人的固然是浮面的，乙丙丁……所知于别人的也不见得有多大的差异；因此大家相忘于无形，对于"别人"的叙述之真实性的减少，并不觉有空虚之感。我们在文人叙述别人的文字里，往往能觉着真实的别人，而且觉着相当的满足，就为此故。——这实是我们的自骗罢了。

相像的抒写，从"再现"的立场看，只有第三等的真实性。相像的再现力是很微薄的。它只是些凌杂的端绪Fringe，凌杂的影子。它是许多模糊的影子，依着人们随意馄起的骨架，构成的一团云雾似的东西。和普通所谓实际，相差自然极远极远了。影子已经靠不住了，何况又是模糊的，凌杂的呢？何况又是照着人意重行结构的呢？虽然想象的程度也有不同，但性质总是类似的。无论是想象的实事，无论想象的奇迹，总只是些云雾，不过有浓有淡罢了。无论这些想象是从事实来的，是从别人的文字来的，也正是一样。它们的真实性，总是很薄弱的。我们若要剥头发一样的做去，也还能将这种真实性再分为几等；但这种剖析，极难"铢两悉称"非我的力量所能及。所以只好在此笼统地说，想象的抒写，只有第三等的真实性。

从"再现"的立场所见的文艺的真实性，不是充足的真实性；这令我们不能满意。我们且再从"表现"的立场看。我们说，创作的文艺全是真实的。感觉与感情是创作的材料；而想象却是创作的骨髓。这和前面所说大异了。"创作"的意义决不是再现一种生活于文字里，而是另造一种新的生活。因为说生活的再现，则再现的生活决不能与当时的生活等值，必是低一等或薄一层的。况说生活再现于文字里，将文字与生活分开，则主要的是文字，不是生活；这实是再现生活的"文字"，而非再现的"生活"了。这里文艺之于生活，价值何其小呢？说创作便不如此。我前面解释创作，说是另造新生活；这所谓"另造"，骤然看来，似乎有能造与所造，又有方造与既造。但在当事的创作者，却毫不起这种了别。说能造是作者，所造是表现生活的文字，或文字里表现的生活；说方造是历程，既造是成就：这都是旁观者事后的分析，创作者是不觉得的。这种分析另有它的价值，但决不是创作的价值。创作者的创作，只觉是一段生活，只觉是"生活着"。"我"固然是这段生活的一部，文字也是这段生活的一部；"我"与文字合一，便有了这一段生活。这一段生活继续进行，有它自然的结束；这便是一个历程。在历程当中，生活的激动性很大；剧烈的不安引起创作者不歇的努力。历程终结了，那激动性暂时归于平衡的状态；于是创作者如释了重负，得到一种舒服。但这段生活之价值却不仅在它的结束。创作者并不急急地盼望结束的到临；他在继续的不安中，也欣赏着一步步的成功——一步步实现他的生活。这样，历程中的每一点，都于他有价值了。所以方造与既造的辨别，在他是不必要的；他自然不会感着了。总之，创作只是浑然的一段生活，这其间不容任何的了别的。至于创作的材料则因生活是连续的，而创作也是一段生活，所以仍免不了取给于记忆中所留着的过去生活的影像。但这种影像在创作者的眼中，并不是过去的生活之模糊的副本，而是现在的生活之一部——记忆也是现在的生活；所以是十分真实的。这样，便将记忆的价值增高了。再则，创作既是另造新生活，则运用现有的材料，自然有自由改变之权，不必保持原状；现有的材料，存于记忆中的，对于创作，只是些媒介罢了。这和再现便不同了。创作的主要材料，便是，创作者唯一的向导——这是想象。想象就现有的记忆材料，加以删汰，补充，联络，使新的生活得以完满地实现。所以宽一些说，创作的历程里，实只有想象一件事；其余感觉，感情等，已都融冶于其中了。想象在创作中第一重要，和在再现中居末位的大不相同。这样，创作中虽含有现在生活的一部，即记忆中过去生活的影像，而它的价值却不在此；它的价值在于向未来的生活开展的力量，即想象的力量。开展就是生活；生活的真实性，是不必怀疑的。所以创作的真实性，也不必怀疑的。所以我说，从表现的立场看，创作的文艺全是真实的。

至于自叙或叙别人，在创作里似乎不觉有这样分别。因为创作既不分"能""所"，当然也不分"人""我"了。"我"的过去生活的影像与"人"的过去生活的影像，同存于记忆之内，同为创作的材料；价值是相等的。在创作时，只觉由一个中心而扩大，其间更无界划。这个中心或者可说是"我"；但这个"我"实无显明的封域，与平常人所执着的我广狭不同。凭着这个意义的"我"，我们说一切文艺都是自叙传，也未尝不可。而所谓近代自叙传性质的作品增多，或有一大部分指着这一意义的自叙传，也未可知。——我想，至少十九世纪末期及二十世纪的文艺是如此。在创作时，只觉得扩大一件事。扩大的历程是不能预料的；惟其不能预料，才成其为创造，才成其为生活。我们写第一句诗，断不知第二句之为何——谁能知道"满城风雨近重阳"的下一句是什么呢？就是潘大临自己，也必不晓得的。这时何暇且何能，斤斤斟酌于"人""我"之间，而细为剖辨呢？只任情而动罢了。事后你说它自叙也好，说它叙别人也好，总无伤于它完全的真实性。胡适的《应该》，俞平伯的《在鹞鹰声里的》，事后看来，都是叙别人的。从"再现"方面看，诚然或有不完全真实的地方。但从"创作"方面看，则浑然一一，有如满月；那有丝毫罅隙，容得不真实的性质溜进去呢？总之，创作实在是另辟一世界，一个不关心的安息的世界。便是血与泪的文学，所辟的也仍是这个世界。（此层不能在此评论）在这个世界里，物我交融，但有窈然的向往，但有沛然的流转；暂脱人寰，遂得安息。至于创作的因缘，则或由事实，或由文字。但一经创作的心的熔铸，就当等量齐观，不宜妄生分别。俗见以为由文字而生之情力弱，由事实而生之情力强，我以为不然。这就因为事实与文字同是人生之故。即如前举俞平伯《在鹯鹰声里的》一诗，就是读了康白情的《天亮了》，触动宿怀，有感而作。那首诗谁能说是弱呢？这可见文字感人之力，又可见文字与事实之易相牵引了。上来所说，都足证创作只是浑然的真实的生活；所以我说，创造的文艺全是真实的。

从"表现"的立场看，没有所谓"再现"；"再现"是不可能的。创作只是一现而已。就是号称如实描写客观事象的作品，也是一现的创作，而不是再现；因所描写的是"描写当时"新生的心境（记忆），而不是"描写以前"旧有的事实。这层意思，前已说明。所以"再现"不是与"创作"相对待的。在"表现"的立场里，和"创作"相对待的，是"模拟"及"撒谎"。模拟是照别人的样子去制作。"拟古"，"拟陶"，"拟谢"，"拟某某篇"，"效某某体"，"拟陆士衡拟古"，"学韩"，"学欧"，……都是模拟，都是将自己撳在他人的型里。模拟的动机，或由好古，或由趋时，这是一方面；或由钦慕，或由爱好，这是另一方面。钦慕是钦慕其人，爱好是爱好其文。虽然从程度上论，爱好比钦慕较为真实，好古与趋时更是浮泛；但就性质说，总是学人生活，而非自营生活。他们悬了一些标准，或选了一些定型，竭力以求似，竭力以求合。他们的制作，自然不能自由扩展了。撒谎也可叫做"捏造"，指在实事的叙述中间，插入一些不谐和的虚构的叙述；这些叙述与前后情节是不一致的，或者相冲突的。从"再现"的立场说，文艺里有许多可以说是撒谎的；甚至说，文艺都是撒谎的。因为文艺总不能完全与事实相合。在这里，浪漫的作品，大部分可以说完全是谎话了。历史小说，虽大体无背于事实，但在详细的节目上，也是撒谎了。便是写实的作品，谎话诚然是极少极少，但也还免不了的。不过这些谎话全体是很谐和的，成为一个有机体，使人不觉其谎。而作者也并无故意撒谎之心。假使他们说的真是谎话，这个谎话是自由的，无所为的。因此，在"表现"的立场里，我们宁愿承认这些是真实的。然则我们现在所谓

"撒谎"的，是些什么呢？这种撒谎是狭义的，专指在实事的叙述里，不谐和的，故意的撒谎而言。这种撒谎是有所为的；为了求合于某种标准而撒谎。这种标准或者是道德的，或者是文学的。章实斋《文史通义古文十弊》篇里有三个例，可以说明这一种撒谎的意义。我现在抄两个给诸君看：

（一）"有名士投其母行述，……叙其母之节孝：则谓乃祖衰年病废，卧床，溲便无时；家无次丁，乃母不避秽亵，躬亲熏濯。其事既已美矣，又述乃祖于时戚然不安，乃母肃然对曰，'妇年五十，今事八十老翁，何嫌何疑？'节母既明大义，定知无是言也！此公无故自生嫌疑，特添注以斡旋其事；方自以谓得体，而不知适如冰雪肌肤，剜成疮痏，不免愈濯愈痕癜矣。"

（二）"尝见名士为人撰志。其人盖有朋友气谊；志文乃仿韩昌黎之志柳州也。——一步一趋，惟恐其或失也。中间感叹世情反复，已觉无病费呻吟矣；未叙丧费出于贵人，及内亲竭劳其事。询之其家，则贵人赠赙稍厚，非能任丧费也；

而内亲则仅一临穴而已，亦并未任其事也。且其子俱长成。非若柳州之幼子孤露，必待人为经理者也。诘其何为失实至此？则曰，仿韩志终篇有云，……今志欲似之耳。……临文摹古，迁就重轻，又往往似之矣。"

第一例是因求合于某种道德标准（所谓"得体"）而捏造事实，第二例是因求似于韩文而附会事实；虽然作者都系"名士"，撒谎却都现了狐狸尾巴！这两文的漏洞（即冲突之处）及作者的有意撒谎，章实斋都很痛快的揭出来了。看了这种文字，我想谁也要觉着多少不舒服的。这种作者，全然牺牲了自己的自由，以求合于别人的定型。他们的作品虽然也是他们生活的一部，但这种生活是怎样的局促而空虚哟！

上面第一例只是撒谎；第二例是模拟而撒谎，撒谎是模拟的果。为什么只将它作为撒谎的例呢？这里也有缘故。我所谓模拟，只指意境，情调，风格，词句四项而言；模拟而至于模拟实事，我以为便不是模拟了。因为实事不能模拟，只能捏造或附会；模拟事实，实在是不通的话。所以说模拟实事，不如说撒谎。上面第二例，形式虽是模拟而实质却全是撒谎；我说模拟而撒谎，原是兼就形质两方而论。再明白些说，我所谓模拟有两种：第一种，里面的事实，必是虚构的，且谐和的，以求生出所模拟之作品的意境，情调。第二种，事实是实有的，只仿效别人的风格与字句。至于在应该叙实事的作品里，因为模拟的缘故，故意将原有事实变更或附会，这便不在模拟的范围之内，而变成撒谎了。因为实事是无所谓模拟的。至于不因模拟，而于叙实事的作品里插入一些捏造的事实，那当然更是撒谎，不成问题的。这是模拟与撒谎的分别。一般人说模拟也是撒谎。但我觉得模拟只是自动的"从人"，撒谎却兼且被动的"背己"。因为模拟时多少总有些向往之诚，所以说是自动的；因为向往的结果是"依样葫芦"，而非"任性自表"，所以说是"从人"。但这种"从人"，不至"背己"。何以故？从人的意境，字句，可以自圆其说，成功独立的一段生活，而无冲突之处。这是无所谓"背己"的；因为虽是学人生活，但究竟是自己的一段完成的生活。——却不是充足的，自由的生活。至于从人的风格，情调，似乎会"背己"了，其实也不然。因为风格与情调本是多方面的，易变化的。况且一切文艺里的情调，风格，总有其大齐的。所以设身处地去体会他人的情调而发抒之，是可能的。并且所模仿的，虽不尽与"我"合，但总是性之所近的。因此，在这种作品里，虽不能自由发抒，但要谐和而无冲突，是甚容易的。至于撒谎，如前第一例，求合于某种道德标准，只是根于一种畏惧，掩饰之心；毫无什么诚意。——连模拟时所具的一种倾慕心，也没有了。因此，便被动的背了自己的心瞎说了。明明记着某人或自己是没有这些事的，但偏偏不顾是非的说有；这如何能谐和呢？这只将矛盾显示于人罢了。第二例自然不同，那是以某一篇文的作法为标准的。在这里，作者虽有向往之诚，可惜取径太笨了，竟至全然牺牲了自己；因为他悍然的违背了他的记忆，关于那个死者的。因此，弄巧成拙，成了不诚的话了。总之，模拟与撒谎，性质上没有多大的不同，只是程度相差却甚远了。我在这里将捏造实事的所谓模拟不算作模拟，而列入撒谎之内，是与普通的见解不同的；但我相信如此较合理些。由以上的看法，我们可以说，在表现的立场里，模拟只有低等的真实性，而撒谎全然没有真实性——撒谎是不真实的，虚伪的。

我们要有真实而自由的生活，要有真实而自由的文艺，须得创作去；只有创作是真实的，不过创作兼包精粗而言，并非凡创作的都是好的。这已涉及另一问题，非本篇所能详了。

　　附注：本篇内容的完成，颇承俞平伯君的启示，在这里谢谢他。

1923 年 11 月 17 日。

文艺之力

我们读了《桃花源记》,《红楼梦》,《虬髯客传》,《灰色马》,《现代日本小说集》,《茵梦湖》,《卢森堡之一夜》……觉得新辟了许多世界。有的开着烂漫的花,绵连着芊芊的碧草。在青的山味,白的泉声中,上下啁啾着玲珑的小鸟。太阳微微的笑着;天风不时掠过小鸟的背上。有的展着一片广漠的战场,黑压压的人都冻在冰里,或烧在火里。却有三两个战士,在层冰上,在烈焰中奔驰着。那里也有风,冷到刺骨,热便灼人肌肤。那些战士披着发,红着脸,用了铁石一般的声音叫喊。在这个世界里,没有困倦,没有寂寞;只有百度上的热,零度下的冷,只有热和冷!有的是白发的老人和红衣的幼女,乃至少壮的男人,妇人,手牵着手,挽成一个无限大的圈儿,在地上环行。他们都踏着脚,唱着温暖的歌,笑容可掬的向着;太阳在他们头上。有的全是黑暗和阴影，仿佛夜之国一般。大家摸索着，挨挤着，以嫉恨的眼互视着。这些闪闪的眼波，在暗地里仿佛是幕上演着的活动影戏，有十足的机械风。又像舞着的剑锋，说不定会落在谁的颈上或胸前的。这世界如此的深而莫测，真有如"盲人骑瞎马，夜半临深池"了。有的却又不同。将眼前的世界剥去了一层壳，只留下她的裸体，显示美和丑的曲线。世界在我们前面索索的抖着，便不复初时那样的仪态万方了。有时更像用了 X 光似的，显示出她的骨骼和筋络等等，我们见其肺肝了，我们看见她的血是怎样流的了。这或者太不留余地。但我们却能接触着现世界的别面，将一个胰皂泡幻成三个胰皂泡似的，得着新国土了。

　　另有词句与韵律，虽常被认为末事，却也酝酿着多样的空气，传给我们种种新鲜的印象。这种印象确乎是简单些；而引人入胜，有催眠之功用，正和前节所述关于意境情调的一样——只是程度不同罢了。从前人形容痛快的文句，说是如啖哀家梨，如用并州剪。这可见词句能够引起人的新鲜的筋肉感觉。我们读晋人文章和《世说新语》一类的书遇着许多"隽语"，往往翛然有出尘之感，真像不食人间烟火似的，也正是词句的力。又如《红楼梦》中的自然而漂亮的对话，使人觉得轻松，觉得积伶。《点滴》中深曲而活泼的描写，多用拟人的字眼和句子，更易引起人神经的颤动。《诱惑》中的：

> 忽然全世界似乎打了一个寒噤。
> 仿佛地正颤动着，正如伊的心脏一般的跳将
> 起来了。

便足显示这种力量。此外"句式"也有些关系。短句使人敛；长句使人宛转；锁句（perio dicalsentence）使人精细；散句使人平易；偶句使人凝整，峭拔。说到"句式"，便会联想到韵律，因为这两者是相关甚密的。普通说韵律，但就诗歌而论；我所谓韵律却是广义的，散文里也有的。这韵律其实就是声音的自然的调节，凡是语言文字里都有的。韵律的性质，一部分随着字音的性质而变，大部分随着句的组织而变。字音的性质是很复杂的。我于音韵学没有什么研究，不能详论。约略说来，有刚音，有柔音，有粗涩的音，有甜软的音。清楚而平滑的韵（如"先"韵）轻快与美妙的感觉；开张而广阔的韵（如"阳"韵）可以引起飏举与展扩的感觉。浊声（如，ㄅ，ㄉ，ㄍ）使人有

努力，冲撞，粗暴，艰难，沉重等印象；清声（如ㄆ，ㄊ，ㄋ）则显示安易，平滑，流动，稳静，轻妙，温良与娴雅。浊声如重担在肩上；清声如蜜在舌上。这些分别，大概由于发音机关的变化；旧韵书里所谓开齐合撮，阴声，阳声，弇声，侈声，当能说明这种缘故。我却不能做这种工作；我只总说一句，因发音机关的作用不同，引起各种相当而不同的筋肉感觉，于是各字的声音才有不同的力量了。但这种力量也并非一定，因字在句中的位置而有增减。在句子里，因为意思与文法的关系，各字的排列可以有种种的不同。其间轻重疾徐，自然互异。轻而疾则力减，重而徐则力增。这轻重疾徐的调节便是韵律。调节除字音外，更当注重音"节"与句式；音节的长短，句式的长短，曲直，都是可以决定韵律的。现在只说句式，音节可以类推。短句促而严，如斩钉截铁，如一柄晶莹的匕首。长句舒缓而流利，如风前的马尾，如拂水的垂杨。锁句宛转腾挪，如天矫的游龙，如回环的舞女。散句曼衍而平实，如战场上的散兵线，如依山临水的错落的楼台。偶句停匀而凝练，如西湖上南北两峰，如处女的双乳。这只论其大凡，不可拘执；但已可见韵律的力量之一斑了。——所论的在诗歌里，尤为显然。

由上所说，可见文艺的内容与形式都能移人情；两者相依为用，可以引人入胜，引人到"世界外之世界"。在这些境界里，没有种种计较利害的复杂的动机，也没有那个能分别的我。只有浑然的沉思，只有物我一如的情感（fellowfeeling）。这便是所谓"忘我"。这时虽也有喜，怒，哀，乐，爱，恶，欲等的波动，但是无所附的，无所为的，无所执的。固然不是为"我自己"而喜怒哀乐，也不是为"我的"亲戚朋友而喜怒哀乐，喜怒哀乐只是喜怒哀乐自己，更不能说是为了谁的。既不能说是为了谁的，当然也分不出是"谁的"了。所以，这种喜怒哀乐是人类所共同的。因为是共同的，无所执的，所以是平静的，中和的。有人说文艺里的情绪不是真的情绪，纵然能逼紧人的喉头，燃烧人的眼睛。我们阅读文艺，只能得着许多鲜活的意象（idea）罢了；这些意象是如此的鲜活，将相联的情绪也微微的带起在读者的心中了。正如我们忆起一个恶梦一样，虽时过境迁，仍不免震悚；但这个震悚的力量究竟是微薄的。所以文艺里的情绪的力量也是微薄的；说它不是真的情绪，便是为此。真的情绪只在真的冲动，真的反应里才有①。但我的解说，有些不同。文艺里既然有着情绪，如何又说是不真？至多只能加上"强"，"弱"，"直接"，"间接"等限制词罢了。你能说文艺里情绪是从文字里来的，不是从事实里来的，所以是间接的，微弱的；但你如何能说它不是真的呢？至于我，认表现为生活的一部，文字与事实同是生活的过程；我不承认文艺里的情绪是间接的，因而也不能承认它是微弱的。我宁愿说它是平静的，中和的。这中和与平静正是文艺的效用，文艺的价值。为什么中和而平静呢？我说是无"我执"之故。人生的狂喜与剧哀，都是"我"在那里串戏。利害，得失，聚散……之念，萦于人心，以"我"为其枢纽。"我"于是纠缠、颠倒，不能自已。这原是生活意志的表现；生活的趣味就在于此。但人既执着了"我"，自然就生出"我爱"，"我慢"，"我见"，"我痴"；情之所发，便有偏畸，不能得其平了。与"我"亲的，哀乐之情独厚；渐疏渐薄，至于没有为止。这是争竞状态中的情绪，力量甚强而范围甚狭。至于文艺里的情绪，则是无利害的，泯人我的；无利害便无争竞，泯人我便无亲疏。因而纯净，平和，普遍，像汪

_____

① 此说见 puffer《美之心理学》《论文学的美》一章内。

汪千顷，一碧如镜的湖水。湖水的恬静，虽然没有涛澜的汹涌，但又何能说是微薄或不充实呢？我的意思，人在这种境界里，能够免去种种不调和与冲突，使他的心明净无纤尘，以大智慧普照一切；无论悲乐，皆能生趣。——日常生活中的悲哀是受苦，文艺中的悲哀是享乐。愈易使我们流泪的文艺，我们愈愿意去亲近它。有人说文艺的悲哀是"奢华的悲哀"（luxurious sadness）正是这个意思。"奢华的"就是"无计较的享乐"的意思。我曾说这是"忘我"的境界；但从别一面说，也可说是"自我无限的扩大"。我们天天关闭在自己的身分里，如关闭在牢狱里；我们都渴望脱离了自己，如幽囚的人之渴望自由。我们为此而忧愁，扫兴，阴郁。文艺却能解放我们，从层层的束缚里。文艺如一个侠士，半夜里将我们从牢狱里背了出来，飞檐走壁的在大黑暗里行着；又如一个少女，偷偷开了狭的鸟笼，将我们放了出来，任我们向海阔天空中翱翔。我们的"我"，融化于沉思的世界中，如醉如痴的浑不觉了。在这不觉中，却开辟着，创造着新的自由的世界，在广大的同情与纯净的趣味的基础上。前面所说各种境界，便可见一斑了。这种解放与自由只是暂时的，或者竟是顷刻的。但那中和与平静的光景，给我们以安息，给我们以滋养，使我们"焕然一新";文艺的效用与价值惟其是暂而不常的,所以才有意义呀。普通的娱乐如打球,跳舞等,虽能以游戏的目的代替实利的目的,使人忘却一部分的计较,但决不能使人完全忘却了自我,如文艺一样。故解放与自由实是文艺的特殊的力量。

文艺既然有解放与扩大的力量,它毁灭了"我"界,毁灭了人与人之间重重的障壁。它继续的以"别人"调换我们"自己",使我们联合起来。现在世界上固然有爱,而疑忌,轻蔑,嫉妒等等或者更多于爱。这决不是可以满足的现象。其原因在于人为一己之私所蔽,有了种种成见与偏见,便不能了解他人,照顾他人了。各人有各人的世界;真的,各人独有一个世界。大世界分割成散沙似的碎片,便不成个气候;灾祸便纷纷而起了。灾祸总要避除。有心人于是着手打倒种种障壁;使人们得以推诚相见,携手同行。他们的能力表现在各种形式里,而文艺亦其一种。文艺在隐隐中实在负着联合人类的使命。从前俄国托尔斯泰论艺术,也说艺术的任务在借着情绪的感染以联合人类而增进人生之幸福。他的全部的见解,我觉得太严了,也可以说太狭了。但在"联合人类"这一层上,我佩服他的说话。他说只有他所谓真正的艺术,才有联合的力量,我却觉得他那斥为虚伪的艺术的，也未尝没有这种力量；这是和他不同的地方。单就文艺而论，自然也事同一例。在文艺里，我们感染着全人类的悲乐，乃至人类以外的悲乐（任举一例，如叶圣陶《小蚬的回家》中所表现的）。这时候人天平等，一视同仁；"我即在人中"，人即在自然中。"全世界联合了哟！"我们可以这样绝叫了。便是自然派的作品，以描写丑与恶著名，给我们以夜之国的，看了究竟也只会发生联合的要求；所以我们不妨一概论的。这时候，即便是一刹那，爱在我们心中膨胀，如月满时的潮汛一般。爱充塞了我们的心，妖魅魍魉似的疑忌轻蔑等心思，便躲避得无影无踪了。这种联合力，是文艺的力量的又一方面。

有人说文艺并不能使人忘我，它却使人活泼泼的实现自我（self-realization），这就是说，文艺给人以一种新的刺激，足以引起人格的变化。照他们说，文艺能教导人，能鼓舞人；有时更要激动人的感情，引起人的动作。革命的呼声可以唤起睡梦中的人，使他们努力前驱，这是的确的。俄国便是一个好例。而"靡靡之音"使人"缠绵歌泣于春花秋月，销磨其少壮活泼之气"，使人"儿女情多，风云气少"，却也是真的。这因环境的变迁固可影响人的

171

情思及他种行为，情思的变迁也未尝不能影响他种行为及环境；而文艺正是情思变迁的一个重要因子，其得着功利的效果，也是当然的。文艺如何影响人的情思，引起他人格的变化呢？梁任公先生说得最明白，我且引他的话：

> 抑小说之支配人道也，复有四种力：一曰熏。熏也者，如入云烟中而为其所烘，如近墨朱处而为其所染。……人之读一小说也，不知不觉之间，而眼识为之迷漾，而脑筋为之摇飏，而神经为之营注；今日变一二焉，明日变一二焉，刹那刹那，相断相续：久之，而此小说之境界遂入其灵台而据之，成一特别原质之种子。有此种子故，他日又更有所触所受者，旦旦而熏之，种子愈盛。而又以之熏他人。……（《论小说与群治之关系》）

此节措辞虽间有不正确之处，但议论是极透辟的。他虽只就小说立论，但别种文艺也都可作如是观。此节的主旨只是说小说（文艺）能够渐渐的，不知不觉的改变读者的旧习惯，造成新习惯在他们的情思及别种行为里。这个概念是很重要的；所谓"实现自我"，也便是这个意思。近年文坛上"血与泪的文学"，爱与美的文学之争，就是从这个见解而来的。但精细的说，"实现自我"并不是文艺之直接的，即时的效用，文艺之直接的效用，只是解放自我，只是以作品的自我调换了读者的自我；这都是阅读当时顷刻间的事。至于新刺激的给予，新变化的引起，那是片刻间的扩大，自由，安息之结果，是稍后的事了。因为阅读当时没有实际的刺激，便没有实际的冲动与反应，所以也没有实现自我可言。阅读之后，凭着记忆的力量，将当时所感与实际所受对比，才生出振作，颓废等样的新力量。这所谓对比，自然是不自觉的。阅读当时所感，虽同是扩大，自由与安息，但其间的色调却是千差万殊的；所以所实现的自我，也就万有不同。至于实现的效用，也难一概而论。大约一次两次的实现是没有多大影响的；文艺接触得多了，实现的机会频频了，才可以造成新的习惯，新的人格。所以是很慢的。原来自我的解放只是暂时的，而自我的实现又不过是这暂时解放的结果；间接的力量，自然不能十分强盛了。故从自我实现的立场说，文艺的力量的确没有一般人所想象的那样大。周启明先生说得好：

> 我以为文学的感化力并不是极大无限的，所以无论善之华恶之华都未必有什么大影响于后人的行为，因此除了真不道德的思想以外（资本主义及名分等）可以放任。(《诗》一卷四号通信）

他承认文艺有影响行为的力量，但这个力量是有限度的。这是最公平的话。但无论如何，这种"实现自我"的力量也是文艺的力量的一面，虽然是间接的。它是与解放、联合的力量先后并存的，却不是文艺的唯一的力量。

说文艺的力量不是极大无限的，或许有人不满足。但这绝不足为文艺病。文艺的直接效用虽只是"片刻间"的解放，而这"片刻间"已经多少可以安慰人们忙碌与平凡的生活了。我们如奔驰的马。在接触文艺的时候，暂时松了缰绊，解了鞍辔，让嚼那青青的细草，饮那凛冽的清泉。这短短的舒散之后，我们仍须奔驰向我们的前路。我们固愿长逗留于清泉嫩草之间，但是怎能够呢？我们有我们的责任，怎能够脱卸呢？我们固然要求无忧无虑的解放，我们也要求继续不断的努力与实现。生活的趣味就在这两者的对比与调和里。在对比的光景下，文艺的解放力因稀有而可贵；它便成了人生的适量的调和剂了。这样说来，我们也可不满足的满足了。至于实现自我，本非文艺的专责，只是余力而已；其不能十分盛大，也是当然。又文艺的效用是"自然的效用"，非可以人力强求；你若故意费力去找，那是钻入牛角湾里去了。而文艺的享受，也只是自然的。或取或舍，由人自便；它决不含有传统的权威如《圣经》一样，勉强人去亲近它。它的精神如飘忽来往的轻风，如不能捕捉的逃人；在空闲的甜蜜的时候来访问我们的心。它来时我们决不十分明白，而它已去了。我们欢迎它的，它给我们最小到最大的力量，照着我们所能受的。我们若拒绝它或漠然的看待它，它便什么也不丢下。我们有时在伟大的作品之前，完全不能失了自己，或者不能完全失了自己，便是为此了。文艺的精神，文艺的力，是不死的；它变化万端而与人生相应。它本是"人生底"呀。看第一第二两节所写，便可明白了。

以上所说大致依据高斯威赛（Galsworthy）之论艺

术（art）①；所举原理可以与他种艺术相通。但文艺之力就没有特殊的彩色么？我说有的，在于丰富而明了的意象（idea）。他种艺术都有特别的，复杂的外质，——绘画有形，线，色彩，音乐有声音，节奏——足以掀起深广的情澜在人们心里；而文艺的外质大都只是极简单的无变化的字形，与情潮的涨落无关的。文艺所恃以引起浓厚的情绪的，却全在那些文字里所含的意象与联想（association）（但在诗歌里，还有韵律）。文艺的主力自然仍在情绪，但情绪是伴意象而起的。——在这一点上，我赞成前面所引的Puffer的话了。他种艺术里也有意象，但没有文艺里的多而明白；情绪非由意象所引起，意象便易为情绪所蔽了。他种艺术里的世界虽也有种种分别，但总是浑沌不明晰的；文艺里的世界，则大部分是很精细的。以"忘我"论，他种艺术或者较深广些，"以创造新世界"论，文艺则较精切了；以"解放联合"论，他种艺术的力量或者更强些，"以实现自我"论，文艺又较易见功了。——文艺的实际的影响，我们可以找出历史的例子，他种艺术就不能了。总之，文艺之力与他种艺术异的，不

---

① 见 Lewisohn 所编《近代批评丛话》。

在性质而在程度；这就是浅学的我所能说出的文艺之力的特殊的调子了。

1924 年 1 月 28 日。

论青年读书风气

《大公报》图书副刊的编者在"卷头语"里慨叹近二十几年来中国书籍出版之少。这是不错的。但他只就量说，没说到质上去。一般人所感到的怕倒是近些年来书籍出版之滥；有鉴别力的自然知所去取，苦的是寻常的大学生中学生，他们往往是并蓄兼收的。文史方面的书似乎更滥些；一个人只要能读一点古文，能读一点外国文（英文或日文），能写一点白话文，几乎就有资格写这一类书，而且很快的写成。这样写成的书当然不能太长，太详尽，所以左一本右一本总是这些"概论""大纲""小史"，看起来倒也热热闹闹的。

供给由于需要；这个需要大约起于五四运动之后。那时青年开始发现自我，急求扩而充之，野心不小。他们求知识像狂病；无论介绍西洋文学哲学的历史及理论，或者整理国故，都是新文化，都不迟疑地一口吞下去。他们起初拼命读杂志，后来觉得杂志太零碎，要求系统的东西；"概论"等等便渐渐地应运而生。杨荫深先生《编辑〈中国文学大纲〉的意义》（见《先秦文学大纲》）里说得最明白：

> 在这样浩繁的文学书籍之中，试问我们是不是全部都去研究它，如果我们是个欢喜研究中国文学的话。那自然是不可能的，从时间上，与经济上，我们都不可能的。然而在另一方面说来，我们终究非把它全部研究一下不可，因为非如此，不足以满我们的欲望。于是其中便有聪明人出来了，他们用了简要的方法，把全部的中国文学做了一个简要的叙述，这通常便是所谓"文学史"。（杨先生说这种文学史往往是"点鬼簿"，他自己的书要"把中国文学稍详细的叙述，而成有一个系统与一个次序"。）

青年系统的趣味与有限的经济时间使他们只愿意只能够读这类"架子书"。说是架子书，因为这种书至多只是搭着的一副空架子，而且十有九是歪曲的架子。青年有了这副架子，除知识欲满足以外，还可以靠在这架子上作文，演说，教书。这便成了求学谋生的一条捷径。有人说从前读书人只知道一本一本念古书，常苦于没有系统；现在的青年系统却又太多，所有的精力都花在系统上，系统以外便没有别的。但这些架子是不能支持长久的；没有东西填进去，晃晃荡荡的，总有一天会倒下来。

从前人著述，非常谨慎。有许多大学者终生不敢著书，只写点札记就算了。印书不易，版权也不能卖钱。自然是一部分的原因；但他们学问的良心关系最大。他们穷年累月孜孜兀兀地干下去，知道的越多，胆子便越小，决不愿拾人牙慧，决不愿蹈空立说。他们也许有矫枉过正的地方，但这种认真的精神值得我们学习。现在我们印书方便了，版权也能卖钱了，出书不能像旧时代那样谨严，怕倒是势所必至；但像近些年来这样滥，总不是正当的发展。早先坊间也有"大全""指南"一类书，印行全为赚钱；但通常不将这些书看作正经玩意儿，所以流弊还少，现在的"概论""大纲""小史"等等，却被青年当作学问的宝库，以为有了这些就可以上下古今，毫无窒碍。这个流弊就大了，他们将永不知道学问为何物。曾听见某先生说，一个学生学了"哲学概论",一定学不好哲学。他指的还是大学里一年的课程;至于坊间的薄薄的哲学概论书,自然更不在话下。平心而论,就一般人看,学一个概论的课程,未尝无益;就是读一本像样的概论书,也有些好处。但现在坊间却未必有这种像样的东西。

说"概论""大纲""小史",取其便于标举;有些虽用这类名字却不是这类书,也有些确不用这类名字而却是这类书——如某某研究,某某小丛书之类。这种书大概篇幅少,取其价廉,容易看毕;可是系统全,各方面都说到一点儿,看完了仿佛什么都知道。编这种书只消抄录与排比两种工夫,所以略有文字训练的人都能动手。抄录与排比也有几等几样,这里所要的是最简便最快当的办法。譬如编全唐诗研究罢,不必去看全唐诗,更不必看全唐文,唐代其他著述,以及唐以前的诗,只要找几本中国文学史,加上几种有评注的选本,抄抄编编,改头换面,好歹成一个系统(其实只是条理)就行了。若要表现时代精神,还可以随便检几句流行的评论插进去。这种转了好几道手的玩意,好像搀了好几道水的酒,淡而无味,自不用说;最坏的是让读者既得不着实在的东西,又失去了接近原著的机会,还养成求近功抄小路的脾气。再加上编者照例的匆忙，事实，年代，书名，篇名，句读，字，免不了这儿颠倒那儿错，那是更误人了。其实"概论""大纲""小史"也可以做得好。一是自己有心得，有主张，在大著作之前或之后，写出来的小书；二是融会贯通，博观约取的著作；虽无创见，却能要言不繁，节省一般读者的精力。这两种可都得让学有专长的人做去，而且并非仓卒可成。

1934 年 1 月 29 日。

论说话的多少

圣经贤传都教我们少说话，怕的是惹祸，你记得金人铭开头就是"古之慎言人也。戒之哉！戒之哉！无多言！多言多败"。岂不森森然有点可怕的样子。再说，多言即使不惹祸，也不过颠倒是非，决非好事。所以孔子称"仁者其言也讱"，又说"恶夫佞者"。苏秦张仪之流以及后世小说里所谓"掉三寸不烂之舌"的辩士，在正统派看来，也许比佞者更下一等。所以"沉默寡言""寡言笑"，简直就成了我们的美德。

圣贤的话自然有道理，但也不可一概而论。假如你身居高位，一个字一句话都可影响大局，那自然以少说话，多点头为是。可是反过来，你如去见身居高位的人，那可就没有准儿。前几年南京有一位著名会说话的和一位著名不说话的都做了不小的官。许多人踌躇起来，还是说话好呢，还是不说话好呢？这是要看情形的：有些人喜欢说话的人，有些人不。有些事必得会说话的人去干，譬如宣传员；有些事必得少说话的人去干，譬如机要秘书。

至于我们这些平人，在访问，见客，聚会的时候，若只是死心眼儿，一个劲儿少说话，虽合于圣贤之道，却未见得就顺非圣贤人的眼。要是熟人，处得久了，彼此心照，倒也可以原谅的；要是生人或半生半熟的人，那就有种种看法。他也许觉得你神秘，仿佛天上眨眼的星星；也许觉得你老实，所谓"仁者其言也讱"；也许觉得你懒，不愿意卖力气；也许觉得你利害，专等着别人的话（我们家乡称这种人为"等口"）；也许觉得你冷淡，不容易亲近；也许觉得你骄傲，看不起他，甚至讨厌他。这自然也看你和他的关系，以及你的相貌神气而定，不全在少说话；不过少说话是个大原因。这么着，他对你当然敬而远之，或不敬而远之。若是你真如他所想，那倒是"求仁得仁"；若是不然，就未免有点冤哉枉也。民国十六年的时候，北平有人到汉口去回来，一个同事问他汉口怎么样。他说，"很好哇，没有什么。"话是完了，那位同事只好点点头走开。他满想知道一点汉口的实在情形，但是什么也没有得着；失望之余，很觉得人家是瞧不起他哪。但是女人少说话，却当别论；因为一般女人总比男人害臊，一害臊自然说不出什么了。再说，传统的压迫也太利害；你想男人好说话，还不算好男人，女人好说话还了得！（王熙凤算是会说话的，可是在《红楼梦》里，她并不算是个好女人）可是——现在若有会说话的女人，特别是压倒男人的会说话的女人，恭维的人就一定多；因为西方动的文明已经取东方静的文明而代之，"沉默寡言"虽有时还用得着，但是究竟不如"议论风生"的难能可贵了。

说起"议论风生"，在传统里原来也是褒辞。不过只是美才，而不是美德；若是以德论，这个怕也不足重轻罢。现在人也还是看作美才，只不过看得重些罢了。

"议论风生"并不只是口才好；得有材料，有见识，有机智才成——口才不过机智，那是不够的。这个并不容易办到；我们平人所能做的只是在普通情形之下，多说几句话，不要太冷落场面就是。——许多人喝下酒时生气时爱说话，但那是往往多谬误的。说话也有两路，一是游击式，一是包围式。有一回去看新从欧洲归国的两位先生，他们都说了许多话。甲先生从客人的话里选择题目，每个题目说不上几句话就牵引到别的上去。当时觉得也还有趣，过后却什么也想不出。乙先生也从客人的话里选题目，可是他却粘在一个题目上，只叙说在欧洲的情形。他并不用什么机智，可是说得很切实，让客人觉着有所得而去。他的殷勤，客人在口头在心上，都表示着谢意。

　　普通说话大概都用游击式；包围式组织最难，多人不能够，也不愿意去尝试。再说游击式可发可收，爱听就多说些，不爱听就少说些；我们这些人许犯贫嘴到底还不至于的。要说像"哑妻"那样，不过是法朗士的牢骚，事实上大致不会有。倒是有像老太太的，一句话重三倒四地说，也不管人家耳朵里长茧不长。这一层最难，你得记住那些话在那些人面前说过，才不至于说重了。有时候最难为情的是，你刚开头儿，人家就客客气气地问，"啊，后来是不是怎样怎样的？"包围式可麻烦得多。最麻烦的是人多的时候，说得半半拉拉的，大家或者交头接耳说他们自己的私话，或者打盹儿，或者东看看西看看，轻轻敲着指头想别的，或者勉强打起精神对付着你。这时候你一个人霸占着全场，说下去太无聊，不说呢，又收不住，真是骑虎之势。大概这种说话，人越多，时候越不宜长；各人的趣味不同，决不能老听你的——换题目另说倒成。说得也不宜太慢，太慢了怎么也显得长。曾经听过两位著名会说话的人说故事，大约因为唤起注意的缘故罢，加了好些个助词，慢慢地叙过去，足有十多分钟，算是完了；大家虽不至疲倦，却已暗中着急。声音也不宜太平，太平了就单调；但又丝毫不能做作。这种说话只宜叙说或申说，不能掺一些教导气或劝导气。长于演说的人往往免不了这两种气味。有个朋友说某先生口才太好，教人有戒心，就是这个意思。所以包围式说话要靠天才，我们平人只能学学游击式，至多规模较大而已。——我们在普通情形之下，只不要像林之孝家两口子"一锥子扎不出话来"，也就行了。

1934 年 8 月 8 日，天津《大公报·文艺副刊》第 91 期。

文言白话杂论

有一两位朋友谈起现在读文言的人要比读白话的多。他们的估计是这样的：大学生中学生，还有小市民，都能读白话和文言，虽然他们所能读的白话和文言，性质程度未必一样。而在实际生活里，他们是两种文体都得读的。另有一班老先生，却只读文言，不需，不愿或竟不能读白话。这么看，读文言的人岂不就多了？

又有朋友说，现在的白话是美术文，文言却是应用文，正如从前古文是应用文，骈文是美术文一般。——这几位朋友却都是写白话的。这原是些旧话；近来所谓中小学文言运动，教我想起了这些。我觉得这两说都还有可商之处。主张第一说的，似乎没有将那数目不小的，只能读白话的小学生估计进去。这个数目怕比那班老先生多；况且老先生一天比一天少，小学生却日出不穷。就凭这一点说，白话的势力一定会将文言压下去。自然，所谓中小学文言运动若真个成功，就不一定能这么说；不过那么一来，中小学生可太苦了，浪费了许多精力在本可不学的东西上。这层别人已经说得很多，兹不论。

至于文言文是应用文，也是这回文言运动的二大理由之一。——另一个理由是经书为做人根本，不可不读；这一层论者也很多，不赘。——许多人看重这件事，因为是实在情形。不过现在社会上应用的文言，如书札，电报，法令，宣言，报纸等，却并不是所谓古文；念了《论语》《孟子》固然未必写得合式，就念了韩愈、柳宗元、曾国藩（不指他的家书）、张裕钊，也还未必写得好。这种东西贵在当行；只要懂得虚字用法，多看多练就成，用不着"取法乎上"。不过小学初中的学生也不必着忙；高中或职业学校可在国文科里带着讲讲练练，练比讲还要紧。

白话文是否只是美术文呢？林语堂先生（他并不是中小学文言运动中人）在《论语录体之用》（《论语》二十六期）里说：

> 文言不合写小说，实有此事。然在说理，论辩，作书信，开字条，语录体皆胜于白话。

似乎也只以白话为美术文。但是作书信，开字条，与普通文言也不同，已见上节。语录体自成一格，原是由文言到白话的过渡。白话既已流行，似乎该用不着它了；而林先生却主张再往回走，似乎可以不必。现在且说作书信，写字条，林先生以为：

> 一人修书，不曰"示悉"，而曰"你的芳函接到了"，不曰"至感，歉甚"，而曰"很感谢你""非常惭愧"，便是噜哩噜嗦，文章不经济。

这里有两点可以注意：一则林先生是直翻文言，看来自然觉得可笑而不经济。但事实上怕很少那样说的。"示悉"在白话信里，也可当作成语用；要不然，说"来信悉""来信收到"都成。"至感"可说"感谢""多谢"。"歉甚"可当成语，换说"对不起"也未尝不可。新文学运动初期，林先生所说那种浮夸的句子或许有人用；那时还有"亲爱的某先生""你的朋友"等等格式，是从外国文翻来的。但现在却少了。现在朋友写信，无论白话文言，上下的称呼如"某某先生""弟某某"等，虽还不脱从前的格式，可简单利落多了。信里的套话也少了。这不是文言白话的分别，而是噜嗦与经济的分别。现在可以说第二点了。经济不经济其实应该分文体论，不该只看字数多少。一种文体有一种经济的标准；文言的字句组织和白话不同，论繁简当以各自的组织为依据。若将一句文言，硬翻成白话，那当然是噜嗦，不过这种硬翻成的白话并不是真白话。至于成语，更不能也不必翻。其实就白话说也一样，如"揩油""敲竹杠"，便没有适当文言可翻；若写文言信，也只好说，"大揩其油"，"此系敲竹杠性质"。书信文条的经济标准又与文言白话不一样。文言书信体因为年代久了，所以有一定的格调，看起容易顺眼；白话书信应用的时间长起来，也会有一定的格调的。

至于说理，论辩，古文实不相宜，曾国藩就说过这样话。(《与吴南屏书》)语录体比古文得用些，但还不及白话复杂细密。林先生似乎只承认白话表情表得妙，而不承认白话达意达得好；其实白话之所以盛行，正因为达意达得好。新文学运动起来，大半靠《新青年》里那些白话论文（文言的很少），那些达意的文字；新文化运动更靠着达意的文字。这是白话宜于说理论辩的实据。

从梁任公先生以来，文言早已渐渐改了样子。他那时是不求汉魏的凝练，不守桐城的义法，名词杂，篇幅长。但还用典故，还搬弄虚字。近来的文言却连典故也少用了，虚字也少用了，只朴质地说理纪事。这么着文言白话的分别其实就很少。请看下一节文言：

> 日内瓦中国国际图书馆为沟通中西文化起见，特（地）举行世界图书馆展览会。在沪举行，成绩甚佳（很好）。现（在）应华北各方请求，由今日起至七日止在北平图书馆展览一周（星期），每日展览时间自晨（早）九时起，至下午五时止。（十一月一日《大公报》）

若将括弧里的字分别加入，换入，岂不就是现行的白话？请再看一节白话：

> 文官制度譬如吾人的（之）生理机构，不待大脑发有意识的命令，即可依照常理进行呼吸，消化，走动等本能的或习惯的功用。所以我们（吾人）甚至不妨说（谓）事务官比政务官还（删去此字）更重要。（同前）

若照括弧改一下，岂不就是现行的文言？自然，现行的文言白话并不全如此相近，但在应用文方面，二者相差的确不怎样远；所举二例，只从同日同报上随手检出，可见同类的例甚易见，并非巧合。这可以说是文言的白话化。文言白话相差既这样少，将来识字的人多了，能读白话的人多了，报纸和别的应用文自然渐渐改成白话。那时文言只供少数人用；若干年之后，便会变成真正的"死文字"，像周诰殷盘，只能学者去研究了。再说，现在对于文言里的成语往往滥用，又多忽略文法，如王了一先生《今日的白话文言之争》（《独立评论》一一二号）里所举的有趣的例子（如"难保不无障碍"等，因为老句法太短，不易引人注意，所以才用续凫胫的办法；这其实也是文言的白话化）。这可见一般人已经没有耐心去研究那难学的文言了。拥护文言的人也许叹息文言的退化，但这是免不了的；人事日繁，难学的文言，总有一天会崩坏，让白话取而代之。

白话照现行的样子，也还不能做应用的利器，因为欧化过甚。近年来大家渐渐觉悟，反对欧化，议论纷纷。所谓欧化，最重要的是连串的形容词副词，被动句法，还有复牒形容句（日本句谓"如何如何的我"之类归入此种）等。姑借用林先生《怎样洗炼白话入文》(《人间世》十三期）中的所举的例子：

女人最可畏的物质贪欲和虚荣心她渐渐的都被培植养成。

这是一个极端的例子，但可以看出欧化的流弊所极。以后应用的白话该是国语，而且要以最近于口语为标准；那些太曲太长的句子，教人永远念不顺口的，都用不着。至于大众语，在形式上，这样限制也就够了。这种白话，只要能识字，想来总容易懂的；文字与语言无论如何不能完全一致（如助词，差异就很多）。识字的从识字的过程里学习了种种方便，可以懂得那虽不完全与语言一致的文字。若不识字，那就困难，大概只有用罗马字拼方音教给他们，像内地许多教会曾经办过的；再有，就是用方音念给他们听。

1934 年 11 月 12 日。

论别字

前年作过一篇文，说到高中毕业生写的别字之多。这一年多又看了多少高中毕业生、大学一年生的国文卷子及作文本子，还是觉得如此。前年十月十一月《申报·自由谈》里《论语》里有过一回别字的讨论，有人说青年人写别字，读别字应当宽恕，有人却主张提倡——因为汉字实在太难，这么着可以给简笔字之类开一条门路。去年《太白》创刊号里也有胡愈之先生《怎样打倒方块字？》一文，提倡写别字，词类连书，准备拉丁化。那是更进一步了。

别字的界说并不容易定；说是以约定俗成为标准，就是以通用为标准，固然不错，可是通用的标准也很难严格说明。譬如"無"字固然通用，"无"字也不僻；"考"字固然通用，"攷"字也不僻。我们可以说"攷"字用得少些；但"无"字情形就不同，普通读书人多用"無"字，而俗刻书里却多用"无"字。从前说"约定俗成"，大概只以普通读书人为限，俗刻书是不算的。按这个标准，"无""攷"两字算是"古字"，而非通用字。——"古字"的名字有语病，实在就是"现在罕用字"的意思。所以旧时写别字固然为人所笑，为功令所斥，写"古字"也算是好奇之过，不讨好。至于读别字，说来也够复杂的。书音和语音不同，如"车水马龙"与"来辆车"的两个"车"字；方音有时不同，如"覃振"的"覃"，北平人读"谈"，湘西人读"琴"；字调（四声）的变化无方，更不用说了。但向来说读别字，只按普通读书人的书音为标准，那却简单得多。还有本来是别字或别音，因为一般人士都当作正字正音用，似乎有渐渐变成正字正音的样子，原有的正字正音倒反要成为"古字""古音"了。如"竭力"现在通写作"极力"，"滑稽"（骨稽）现在通读作"华稽"①都是显例。这算是新的"约定俗成"，我们无须也怕不能深闭固拒。

新教育施行以来，直到近年，写"古字"的差不多很

---

① 滑稽旧说也可读"华稽"，但向来通读"骨稽"，近年改读，原是读别，不是遵古。

少了，写别字、读别字的却增多。这自然因为学习识字写字的时间减少之故；有人说汉字繁难也是主因，不然别国文字教育，时间也差不多，怎么会成功呢？这样说的人一定忘记了西洋文字教育里拼法错误一个大问题；那其实就是中国的写别字，他们也是至今还未解决的。读别字的问题，在西洋也许少些，但如伦敦俗音，不读 h 的声音（如 Hill 读为 Ill）之类，也颇为受教育的人所诟病。再说汉字虽然繁复，可是据周先庚先生研究，也有它们的完形性，易于辨识，或为拼音文字所不及。（详见周先生《美人判断汉字位置之分析》，《中国测验学会研究报告》之八）周先生的意思，汉字教学方法若改良，学起来也未必特别难。这个意思虽还是个假设，要等逐步实验才可下断语，可是说汉字繁难是别字的主因，却暂难相信了。

关于教学法改良，在前年那文中已说到应注重训练一层，特别在小学与初中里。具体的办法，该等专家去研究；但默写与字表考试似乎都可施行。字表可分年级制定，与教材连络，这个自然也得靠专家。数笔顺在小学里也是基本；但像前几年所见那样，教小学生们戟指书空，似乎不如让他们用笔写在练习簿上。——不知这句话外行否？关于写字，大约也需要心理技术，听说定县现在有人正在研究。除了教学法之外，简体字的施行，也可使汉字更容易写，即使不更容易识。有人怕简体字施行以后，一面要识简体字，一面还要识寻常汉字，如既要识"变"字，又要识"變"字，岂不更难？但主张简体字的人觉得如定好了一套简体字，由教育部公布，像公布注音符号一样，简体字便很易通行，不久当能取寻常汉字而代之。杂志报纸不用说，便是古书，如有必要，也可用简体字翻印。（也有主张简体繁体并用的，过渡时期事实上当不免如此。但不必主张，我们盼望那些繁体将来都变成"古字"）我们得注意，现在《论语》《人间世》已掺用简体字，《太白》等四种杂志也将掺用，更重要的，教育部已请钱玄同先生编制简体字表，不久就可公布：这个运动已经离开了纯粹讨论的时期了。简体字通行，教学法改良，文字教育易于进步，别字必然减少。至于胡愈之先生的提议，我不以为然。一则拼音文字在中国施行的可能性太小，此层多有论者。二则胡先生故意满纸别字，虽和方块字开了大玩笑，却让读者费了九牛二虎之力；我猜那样满纸写别字，也必定比平常作文多费一两倍工夫。他的提议大概不会有实际影响。

至于现在人写别字读别字，应加宽恕，不必嘲笑，那是不错的。但该分别而论。在学校里的学生还该由教师随时矫正；不过标准可以放宽些，写的方面，可以准写简体字；读的方面，方音和国音可以准其并用。固然，因为上下文关系，写别字读别字实际上并没有什么妨害，但是不写别字不读别字，像穿干净衣服一样，岂不更好？爱好之心，人皆有之，我想没有人是爱写别字、爱读别字的，只是不由自主罢了。至于社会一般人，有机会也可给他们矫正，多一半却只能听其自然。

1935 年 2 月 24 日。

什么是散文？

　　散文的意思不止一个。对骈文说，是不用对偶的单笔，所谓散行的文字。唐以来的"古文"便是这东西。这是文言里的分别，我们现在不大用得着。对韵文说，散文无韵；这里所谓散文，比前一文所包广大。虽也是文言里旧有的分别，但白话文里也可采用。这都是从形式上分别。还有与诗相对的散文，不拘文言白话，与其说是形式不一样，不如说是内容不一样。内容的分别，很难说得恰到好处；因为实在太复杂，凭你怎么说，总难免顾此失彼，不实不尽。这中间又有两边儿跨着的，如所谓散文诗，诗的散文；于是更难划清界限了，越是缠夹，用得越广，从诗与散文派生"诗的""散文的"两个形容词，几乎可用于一切事上，不限于文字。——茅盾先生有一个短篇小说，题作"诗与散文"，是一个有趣的例子。

按诗与散文的分法，新文学里的小说、戏剧（除掉少数诗剧和少数剧中的韵文外）、"散文"，都是散文。——论文，宣言等不用说也是散文，但是通常不算在文学之内——这里得说明那引号里的散文。那是与诗，小说，戏剧并举，而为新文学的一个独立部门的东西，或称白话散文，或称抒情文，或称小品文。这散文所包甚狭，从"抒情文"，"小品文"两个名称就可知道。小品文对大品而言，只是短小之文；但现在却兼包"身边琐事"或"家常体"等意味，所以有"小摆设"之目。近年来这种文体一时风行；我们普通说散文，其实只指的这个。这种散文的趋向，据我看，一是幽默，一是游记、自传、读书记。若只走向幽默去，散文的路确乎更狭更小，未免单调；幸而有第二条路，就比只写身边琐事的时期已展开了一两步。大体上说，到底是前进的。有人主张用小品文写大众生活，自然也是一个很好的意思，但盼望做出些实例来。

　　读书记需要博学，现在几乎还只有周启明先生一个人动手。游记、传记两方面都似乎有很宽的地步可以发展。我以为不妨打破小品，多来点儿大的。长篇的游记与自传都已有人在动手，但盼望人手多些，就可热闹起来了。传记也不一定限于自传，可以新作近世人物的传，可以重写古人的传；游记也不一定限于耳闻目睹，掺入些历史的追想，也许别有风味。这个先得多读书，搜集材料，自然费功夫些，但是值得做的。不愿意这么办，只靠敏锐的观察力和深刻的判断力，也可写出精彩的东西；但生活的方面得广大，生活的态度得认真。——不独写游记、传记如此，写小说、戏剧也得如此（写历史小说、历史戏剧，却又得多读书了）。生活是一部大书，读得太少，观察力和判断力还是很贫乏的。日前在天津看见张彭春先生，他说现在的文学有一条新路可以走。就是让写作者到内地或新建设区去，凭着他们的训练（知识与技巧）将所观察的写成报告文学。这不是报纸上简陋的地方通信，也不是观察员冗杂的呈报书，而应当是文学作品。他说大学生、高中学生都可利用假期试试这个新设计。我在《太白》里有《内地描写》一文，也有相似的说话，这确是我们散文的一个新路。此外，以人生为题的精悍透彻的——抒情的论文，像西塞罗《说老》之类，也可发展；但那又得多读书或多阅世，怕不是一时能见成绩的。

1935 年 7 月。

文学与新闻

"文学与新闻"这题目可以说就是"文学与报纸"。在这个范围里面，我分下列三点来叙述：

第一点，我要说的是由白话纯文学到白话杂文学（本来，文学用纯和杂来分类，不大妥当，但我一时找不出另外的适当的名词来代替），换句话说，就是由创作到写作。民国八年以后，一般爱好新文艺的青年顶注意的是创作。在创作当中，顶早而且顶盛行的是诗。大概因为诗是适合于抒情写景，和青年人的气质相投，比较地易写；以及，不管是不是诗，只要有一种分行的形式便可以算数的缘故。后于诗发展的是小说。小说多了起来，诗就渐渐少了下去；抗战以后，诗的创作似乎已远不及小说的蓬勃，在成绩上也是如此。

再次发展的是戏剧，战前原来发展得很慢，战后才突然跃进而且普遍起来。

最后发展的是散文（这里所指的散文是狭义的，就是所谓小品文，并不包括论文）。比起前三者来，散文在抒情写景之外更接近于应用。这特色配合了当时的现实的要求，发展为一种新的文体，或叫做类型，就是所谓杂文。自然，写杂文顶出名的是鲁迅先生，因为他应用这文体在讽刺，暴露，攻击旧势力的弱点方面，是非常地有力量的。由于这种趋势，我们就可以看出纯文学发展向应用文学这一方面来的轨迹，或说是由创作到写作的路线。各位，乍看起来，"创作"和"写作"这两个名词的涵义似乎相同，实际上是大有分别，这，只要我们仔细一想便可以明白。

接着要谈到的是白话文的需要问题：

因为当时提倡文学革命，在"射人先射马，擒贼必擒王"的原则下面，就得先改革表达思想的文字，以便完成"借了文学的手段以达到改良中国的政治和社会"的目的。各位都晓得，要改革社会，必先改革思想，要改革思想，又必先要改革传达思想的工具：文字和语言，而文字又是语言的记录，所以，文学革命就要先改革表达思想的文字；用白话文来代替文言。白话文比起文言文来，确实容易懂，容易学习，所以很快地就风靡一时了。

为什么纯文学成为时代的宠儿呢？我想，大概是由于当时从事白话文的青年多喜欢形象化和注意趣味，所以都偏向创作。不过，创作归创作，应用方面的主要的传达思想的工具还是以文言文居多，比如爱好新文艺的青年的家信，往往还是以"父亲大人膝下，敬禀者"来开头，就是。

不过，那已是二十多年前的事了。到了现在，当时的青年已经都成为中年了，在社会上也都各自负起了一重责任。他们对白话文的看法和态度，比起前一辈来，宽容了许多。白话文由抒情写景而趋于实际应用，这正是时候，而且这也是自然而然的发展。——倘不这样，白话文的出路是不广大的。

第二点，我要谈到白话文的发展方向。首先，我们可以看看创作的成绩。本来，白话文运动参加的人很多，但成功了而为我们所晓得的，却寥寥无几。可见创作这条路并非是人人都能通得过去的；而且，也可以看到，那些通不过的，在数目上也一定不会很少。由此，我们就可以断言：创作是相当艰难的，不是每个人都能胜任愉快的。

根据这一点，我愿意诚恳地贡献给有志从事文学的青年一个意见，就是：倘若你发觉到自己对于创作这条路并不大能够行得通的话，很可以走另外一条新兴的，宽广的路——新闻。我们可以把十年前的报纸的文体拿来和现在的比较一下，很容易看到白话文的成分是日渐地加多起来，文言文的成分则日渐地减少下去。现在，不但社评，通讯，特写等都渐改为白话，就是应用文件如：蒋委员长告国民书，政府文告等，也都渐改为白话了。当然，还有些告示，公文，电稿之类没有完全脱离文言；但可断言的是，这些改变，也不过是时间的问题。

第三点，我要说的是新闻中的文学。新近我读到一本曹聚仁先生著的书：《大江南北》。前面有一篇《新闻文艺论》，和我今天的所讲很有关系。那文中提到一个从事新闻事业的人应具备的三种修养：一、新闻眼；二、整理材料；三、艺术笔触。这三点有相互的关联，本应一起谈到的。不过第一点说到从事新闻事业者的眼光，观察能力，敏感……是牵涉到各人的才分，气质上的问题；第二点则说到如何处理材料，又关系到技巧的修养和经验上了；对于今天我所要讲的题目，都不及第三点来得密切。所以，今天只就"艺术笔触"这一点来说一说。

在"新闻"这一范畴之内的"艺术笔触"，并包括一般的政治家发表言论的"吐属"，"含蓄"，"风趣"，"幽默"一类新闻材料，通过了新闻眼的摄取、选择、组织、融化，再适当地表现出来的新闻记者的手笔而言。这种通过了艺术的洗炼和照耀的材料，是更能增加新闻本身的力量的。

我把这种材料大致分为四类：

第一类：辞令

某些政治首脑，为了对于一种新发生的事件的保守机密，同时却又不得不给那些敏锐的"新闻眼"以适当的答复和满足，就往往采取一种"不知道"或"保留"的口气或态度来应付。这种办法，多见于外交家们对外的发言——一种巧妙的措词或辞令。比如下面这些我们由报上所看到的例子：

一、比如说"关于某某事件，在继续收到可靠的材料之先，未便奉告"。——这句话，实在只表示："不知道。"

二、美国国务卿赫尔回答某记者关于美远东舰队是否已开抵菲律宾这回事的询问说："在君询问之前，我尚未知此事。"——是说："不知道。"

三、威尔基氏对某问题的询问的回答说："我想不起来曾有人这样说过。"——是说："不知道。"

四、某要人回答某机要问题的询问时说："此事我在报上看到，方知。"——是说："不知道。"

五、日本某相答复外界对于某现象的活动的询问说："报上的舆论已足够表示了。"——是说："不知道。"

六、罗邱会晤的事，美发言人称："总统游艇正沿海岸徐徐前进中。"——未说所在地，等于说："不知道。"

七、罗斯福召见海军舰队司令后回答新闻记者称："我们在研究地图。"——等于说："不知道。"

八、外界询及澳洲总理与罗斯福晤谈的内容的范围，澳洲总理答称："我等所谈广涉到古今未来，而其范围又等于绕地球一周。"——等于说："不知道。"

九、罗斯福回答某问题时谓："此事诸君可自行判断。"——等于说："不知道。"

十、某人要求某政治家发表对另一政治家之言论之观感，答称："对某君发表之谈话，深感兴趣。"——"兴趣"如何？等于说："不知道。"

十一、美劝南斯拉夫不加入轴心这回事，希忒拉称："对此美之门罗主义行使至欧洲之事，颇感兴趣。"——也是说："不知道。"

十二、小罗斯福来华，新闻记者询其来华印象，他说："此行印象颇佳。"——也是说："不知道。"

十三、罗斯福代言人发表总统对希忒拉之讲演之意见，谓："希氏讲演时，总统适小寐，讲毕始醒，故对此讲演无意见表示。"——还是说："不知道。"

十四、罗斯福代言人对外发表总统对松冈讲演之意见，谓："总统无暇阅览松冈氏讲稿，故无意见发表。"——还是说："不知道。"

第二类：暗示

一、日外相丰田贞次郎此次上台时，发表谈话，谓："三国同盟时，本人适负责海军，故较熟悉，至于近三月来，对外交情况则较为模糊，此次上台，纯为学习学习……"——暗示对日苏协定有不尊重之意。

二、美国记者某谓："美政府不欢迎除美以外之任何国家过问新加坡。"——暗示日本不得对新加坡染指。

第三类：描写

一、某记者报道英德争夺克里特岛之战况，描写德伞兵下降时之情形谓："……自远观之，有如落英缤纷。"——使读者在严肃的紧张中，得到一种调剂的，中和的轻松之感。

二、当罗斯福当选为第三任总统时，记者描述其政敌威尔基氏拍贺电时之态度曰："是日晨，威氏身披睡衣，慢啜咖啡，拍发对罗总统之贺电。"——由被描述者的闲适之状，我们看到威氏之宽大的政治家的风度及其对罗总统的敬意。

三、伦敦被炸时，某记者记述其情况曰："彼时，我适卧于地板上写稿，随时有遭到生命危险的可能。"——虽所写为身边琐事，却也可反映出当时伦敦在空袭下的严重情形。

第四类：宣传

一、渝市四月二日被炸时，英大使馆亦遭波及，卡尔大使发言曰："余愿以中国人之精神，接受此次轰炸。"——此种描述，一方面表示卡尔大使对我国之抗战精神的同情与敬佩，一方面也表示了中英邦交的敦睦。

二、随军记者记载官兵对日机投弹技术之评语谓："能听到炸弹声已经算是很好的了。"——这种记述，表示敌空军人员因为大量的伤亡，以至把训练尚未完成的飞行人员都调到前线上来应用这一点。

三、英舰遭受四百公尺上空之德机追炸而未被击中，该舰司令曰："此种技术恶劣之轰炸员，实应使之饱尝铁窗风味！"——此固表示对德空军之藐视，亦足表示出英人之幽默风度。

四、克里特岛被狂炸后，记者描述其情况曰："多数青年均下海捕死鱼。"——此足以表示该岛居民不畏空袭。

五、希忒拉发表对英德战事的观察，谓："二者必有一崩溃，但，决非德国！"这简直是宣传的宣传。

六、希忒拉作豪语曰："英如在柏林投弹八千公斤、一万公斤；德即马上在伦敦投弹十五万公斤，二十三万公斤……"云云——更是宣传的宣传了。

七、罗斯福发表对苏德战争之观感，谓："苏抵抗力之强大，即德国军事专家亦为之惊叹。"或问军事专家是否亦包括德之最杰出之专家希忒拉在内，罗氏言："此问使余之谈话失去意义。"——这段新闻，在宣传的意义上是："希忒拉不配称为军事专家。"

1941 年 8 月。

中学生与文艺

一、"中学生往往特别爱好文艺"，我想是因为他们要接触，并在精神上参加，广大的人生——人生的苦乐。他们自觉的或不自觉的感到自己生活圈子的狭小，阅读文艺是扩大这个圈子的一条路。而在学时期大概可以不必自谋衣食，他们也有闲暇去阅读和爱好文艺。

二、"热心阅读"文艺，不见得就理解文艺，诚然。不过这没有什么弊病，并且多阅读也可以增进理解。"动手写"文艺，就是写不好，似乎也没有什么弊病。只有理解不能透彻，写又写不好，却"立志把文艺作为终身事业"，那确是自误，并且也是社会的损失。但是青年人自知之明不足，择业往往错误，不止在文艺方面如此。这得靠贤明的父母兄姊和师友指点劝告。自己多碰钉子，当然也会觉悟，只是怕到那时已经晚了些。

三、理解文艺得从作品入手。同时也得阅读理论书籍，来帮助理解作品。自己摸索，也可以入门；但是得着理论的帮助可以快些。这种理论书该是鸟瞰的文学概论或文学史论或故事体的文学史或多举例分析的作法和讲解等。

四、文艺增进对于人生的理解，指示人生的道路，教读者渐渐悟得做人的道理。这就是教育上的价值。文艺又是精选的语言，读者可以学习怎样运用语言来表现和批评人生。国文科是语文教学，目的在培养和增进了解、欣赏与表现的能力，文艺是主要的教材。

五、"今日的中学生"该多读现代作品（包括翻译），但是不必限于新写实主义的。古典作品，语体的如《水浒传》《西游记》《红楼梦》等，也该读。文言以读唐宋以来的作品为主；古书最好翻成语体给他们读。

六、这里只就自己读过、现在想到的近代作品和理论书推荐几种，如下：

1. 作品

鲁迅自选集《呐喊》。这里是"老中国人的谱"和鲁迅先生反封建的工作。

茅盾自选集《春蚕》。这里是外来的经济压迫下挣扎着的中国，以及现代中国人的种种面影。

冯雪峰：《乡风与市风》，本书阐明历史在战斗中一个意思，精深警辟，但须细心阅读才能理会。

屠格涅夫：《父与子》（巴金译），这可以比较中国的中年代和青年代的生活态度。《罗亭》（陆蠡译），这显示知识分子只能说漂亮话，没有实践的勇气。

2. 理论

本间久雄：《文学概论》（章锡琛译），这是鸟瞰的文学概论。书中将文学作为"一个社会的现象"。

托尔斯泰：《艺术论》（耿济之译），托氏主张艺术是传染情感的，要使大多数人民懂。

伊可维支：《唯物史观的文学论》（江思译），本书阐明"唯物史观在文学上的应用"。

梁实秋：《浪漫的与古典的》，梁氏站在古典主义的立场看新文学运动，认为是浪漫的，而且是外国的影响。

李何林：《近二十年中国文艺思潮论》，本书在创作方面推尊鲁迅先生，在理论方面推尊宋阳先生。

约翰·麦西：《世界文学史话》（胡仲持译），这也是鸟瞰的著作。

郑振铎：《插图本中国文学史》，本书特别注重平民文学的发展，叙述也明白晓畅。

朱光潜：《谈文学》，书中有可商之处，如《论文学上的低级趣味》一篇。但是大体上可以说是对初学者切实的指导。

夏丏尊、叶绍钧：《文心》，本书流行已久，对于阅读和写作都有切实而详尽的帮助，尤其对于写作。

叶绍钧、朱自清：《精读指导举隅》，这是详细的讲解，注重怎样分析语文的意义。恕我"戏台里喝彩"，推荐了自己的书。

七、阅读作品，不可只注重故事，匆匆读过，应该随时停下来思考研究，并且得用心记住。读时可以随时和读过的理论印证。读文艺理论也该仔细，不可只记住些公式；读时也该随时和读过的作品印证。

八、转移这一类中学生的兴趣，主要的还是先介绍合式的作品给他们阅读。不妨先介绍那些包含着有趣味的故事的，也不妨先让他们消遣的读着，慢慢再认真起来。

九、中学生作文课，该以广义的应用文为主，因为作文课主要是技能的训练，艺术自当居次位。但是学生自己愿意多练习文艺写作，自然也可以在课外练习，并请教师指导。

十、文艺教学是语文教学的一部门，并且是主要的一部门，因为文艺是语文教学的主要教材。因为是语文教学的一部门，所以文艺教学应该注重词句段落的组织和安排，意义的分析；单照概括的文艺原理或批评原理来讲论作品的大意，是不够的。文艺教学跟文艺批评不尽同，教学不该放松字句。

十一、中学生办文艺小刊物，练习写作，似乎也是好事。只是不可以耽误别种功课。有人以为还是"多读些书好"，也许因为有些学生只顾写，不读书，也不观察，材料有限，越写越贫乏，写来写去只是那一点儿。这确是一条绝路。但是这是写作的态度不对，办文艺小刊物的并不一定到这地步。

十二、中学生如果只爱文艺，阅读的是它，练习的是它，却又没有敏锐的辨别力，就很容易滥用文艺的笔调。他们不能清楚的辨别文艺和普通文字（就是广义的应用文）的不同，他们只会那一套。因此写起普通文字来，浮文多，要紧话少，而那几句要紧话又说不透彻。这就不能应用。所以我在第九条答案里说"中学生作文课该以广义的应用文为主"。这广义的应用文应该以报章文做标准。讲读的教材里也该多选近乎这种标准的文章。但是这广义的应用文如果能恰到好处的含有些文学趣味，那自然是更有效果的。

1947 年 5 月，《中学生》杂志第 187 期。

文学的严肃性

严肃这个观念在我们现代文学开始发展时是认为很重要的。当时与新文学的创造方面对抗的是鸳鸯蝴蝶派，礼拜六派的小说。他们的态度，不论对文学、对人生，都是消遣的。新文学是严肃的。这严肃与消遣的对立中开始了新文学运动，尤其是新文学的创作方面。

本来在传统的文学里，所谓"文"的地位是不很高的。文章，小道也。在宋朝还有人说作文害道。作文对道学有害，这是一种极端的看法，作文至少是小道。这里面的小说，更是小而又小了，在新文学运动开始时，对人生先有一个严肃的态度。对文学，也有一个新的文学观念，这观念包括文学不是专门只为消遣，茶余酒后的消遣；他们认为文学有重大的使命和意义，这是一层。第二，文学并非小道，有其独立的地位。从前向来是不承认的，就是诗与文在文学中的地位很高，比起道来，仍然很差。五四运动开始时，反对"文以载道"，因为这样一说，文便成为一种无足轻重的东西，主要的是道。道把文压下来，所以要反对。但当时新文学运动如何表现这两个观念呢？这还得和鸳鸯蝴蝶派对比着来看。

鸳鸯蝴蝶派的小说，写的多是恋爱故事，但不是当作一件严肃的事情（有时也有为恋爱而恋爱），总带点把恋爱当游戏的态度。看小说的，也是茶余酒后，躺在床上看看。虽然看到悲哀的时候，也流几滴眼泪，但总不认真似的。他们的文学大部分是文言，就是用白话，也是从旧小说里抄来的，不免油腔滑调。新文学在文字方面的态度很认真。教你不能不认真的看。有的人看惯了旧的，看新的作品觉得太正经，不惯，在内容方面，注重攻击礼教，讽刺社会，发掘中国社会的劣根性而表现出来，在这方面见出认真的态度。

鸳鸯蝴蝶派的小说，倒合乎中国小说的传统，中国小说本来是着重在"奇"的。如唐朝的"传奇"，明朝的短篇集叫"拍案惊奇"。奇就是不正经，小说就要的奇。我们幼时，看小说还叫看闲书，小说自身就以不正经自居。明朝虽有《警世通言》《醒世恒言》《喻世明言》，名称上似乎注重社会的作用，但这三种书被选出编成《今古奇观》，足见仍然也是以"奇"为主。鸳鸯蝴蝶派的小说就在满足好奇的趣味，所以能得到许多读众。新文学却不要奇，奇对生活的关系较少。要正，要正视生活。反礼教，反封建，发掘社会病根，正视社会国家人生，因此他们在写作上是写实的，即如犯人日记，里面虽然是象征意义，但却用写实笔法来写，这种严肃的态度，维持不断。直到后来，社会比较安定些，知识阶级的生活也安定下来，于是严肃的态度改变了，产生言志载道的问题。

新文学初期反对载道，这时候便有人提倡言志。所谓言志，实在是玩世不恭，追求趣味。趣味只是个人的好恶，这也是环境的反映，当时政治上还是混乱，这种态度是躲避。他们喝酒，喝茶，谈窄而又窄的身边琐事。当时许多人如此，连我也在内，但这种情形经过的时间很短，从言志转到了幽默。好像说酒要一口一口的喝，还不成，一直要幽默到没有意义，为幽默而幽默，一面要说话，一面却要没有意义，这也是一种极端。生活的道路，越走越窄，一切都没有意义，变成耍贫嘴，说俏皮话，这明明白白回到了消遣。

人生原是两方面的，时代的压迫稍松，便走到这一边来。但中国的情形不允许许多人消遣。结果，消遣的时间很短，又回过头来，大家认为这种态度要不得。于是更明白的提出严肃的口号，鲁迅先生介绍了一句话："一方面是严肃的工作，一方面是荒淫与无耻。"这两者相对比严肃和消遣相对更尖锐，这表示时代要求严肃更迫切了。

这里应该补充一点。创造社的浪漫和伤感成为一时的风气，那是那个时代个人求解放的普遍趋势。个人生活中灵肉的冲突是生死问题，是严肃的问题，民国十四年五卅以后，反封建、反帝更是迫切。大家常提起鲁迅先生介绍的那句话。并且从工作扩大到行动。于是文学运动又回到严肃。

现在更是严肃的时期。新文学开始时反对文以载道，但反对的是载封建的道。到现在快三十年了，看看大部分作品其实还是在载道，只是载的是新的道罢了。三十年间虽有许多变迁，文学大部分时间是工具，努力达成它的使命和责任，和社会的别的方面是联系着的。

在清华大学文艺晚会上讲演，见 1947 年 5 月 19 日
《文汇报》。

论学术的空气

现在还常有人说北方的学术空气浓厚，或者说他喜欢北方的学术的空气。这是继续战前的传统的看法，也牵涉到所谓"京派"和"海派"的分别。战前所谓"京派"大概可以说是抱着为学术而学术的态度，所谓"海派"大概不免多少为名为利而撰作。但是这也只是一个"大概"的分别，如果说到各个人，却尽有例外。一方面就在战前，中央研究院南迁了，北平的旧书铺在南京上海开分店了，学术的空气已经在流动之中。战时大家到了西南，抗战的空气笼罩了学术的空气，然而四川的重庆、李庄和成都，以及桂林和昆明，以及上海，都还能够多少继续着学术的工作。到了战后这两年，起先是忙于复员，接着是逼于战乱，学术的工作倒像是停顿起来。北平各大学去年复员以后，其中有些人在各报上办了不少的学术性的副刊，大概是文史方面的；乍看比战前的学术空气似乎还浓厚些，其实不然。这些副刊里的论文其实应该发表在学报上，因为没有钱出学报，才只好委屈在副刊上，撑撑场面，爱读和能读的人恐怕只是那么些个。这些论文都不免"历史癖与考据癖"，是所谓"京派"的本来面目。这种面目却也出现在南方一些报纸的副刊上。一方面所谓"海派"却扩大了、变质了，趋向为人生而学术，为人民而学术。在青年人的眼中，新的"海派"似乎超过了老的"京派"。但是无论南北，不管"京""海"，在这漫天战火之下，总有一天会"火烧眉毛，且顾眼前"，将学术丢在脑后的罢？而这个似乎已经是现在一般青年学生的态度。青年是我们的下一代，他们的这种态度，我们不能无视，我们得看看学术的前路。

战前的十年来，我们的学术确在长足的进步。中央研究院和一些大学的研究院的工作都渐渐有了分量。于是没有研究院的大学都纷纷设立研究院，一些独立的研究机构也或多或少的在外国人资助之下办起来了。于是研究的风气盛极一时，学术空气浓厚到无视大学本科教学。笔者曾亲耳听见一位新从外国回来在大学里任教的教授说："我们要集中研究的工作，教书不妨马虎些。"社会贤达在提倡书院制，因为书院里可以自由研究，不必论钟点、算学分。大学生也异口同声要在毕业后进研究院继续读书。那时候教授隐然分为两等，研究教授第一等，大学教授第二等。知识或学术的估价算是到了最高峰。这也未尝不是好现象，结果无论在人文科学或自然科学方面都有了新发展。然而理论上似乎总欠健全些。研究得有基础，大学里的训练不切实，研究的风气是不会持久的。再说现代一般的大学教育是大量的教育，要培植各方面的领导人才，不应该也不可能专门培养学者或专家。在仿效美国学制的中国，没有多少专科学校，一般人也不看重专科学校，大学的政策更不该偏到一边儿去。事实上大学毕业生虽然热心进研究院，等到考进了研究院，热心研究的却并不多。他们往往一面注了册，一面就去就业。有些长期不到校，"研究生"只剩了一个幌子。这样半途而废或从未上路的很多，能够在研究院毕业的却很少。北方如此，南方更如此。至于具体的书院制，我们这个工业化的动的现代不需要，也未必能容纳。现代的研究，就是在人文科学方面，也得有个广大而结实的基础，书院是不能负担这个任务的。尤其是就业，青年人在书院里修业告一段落之后，单就资历而论，自然赶不上大学，不用说研究院，在训练方面，一般的说，恐怕也是如此。在这种不上不下的尴尬的局面里，找出路一定很难。我们看了过去的和现存的几所仅有的书院的情形，就可明白。

战前的过分浓厚的学术的空气使有些人担忧。他们觉得人文科学和自然科学走上"缓慢而费力"的"窄而深"的路，固然可喜，可是忽略了"全体大用"，也不是正办，特别是人文科学。因此有的人主张大学应该造就的是通才，不是专家，有的人主张知识固然重要，更重要的是做人。这些主张渐渐的采用到大学的课程和制度之中，然而这时候的青年学生并不注重这些，他们要的是专业的知识，这种知识可以使他们便于就业，或者早些成为专家。便于就业就是急于应用，这显示了一个新方向；外患日深，生活逼得人更紧，研究的憧憬黯淡起来了。于是乎来了抗战。差不多所有的大学和研究机关都迁到了西南，生活的艰难和设备的贫乏使得研究的工作几乎不可能，特别是自然科学。然而大家还多多少少在挣扎着。可是这真到了急于应用的时代，教育部制定了提倡理工的政策，大学生集中在经济学系和工学院，特别是工学院，人数似乎一年比一年多。一方面又有了许多的训练班和专修科出现。这种普遍的注重应用，更冷落了研究工作，稀薄了学术空气。一方面在美国也有人在控诉那学术至上的态度。拜喀尔的"美国教师"一书中有一章"象牙实验室"，批评自然科学研究者只知研究不知其他，颇为恳切。"象牙实验室"是套的"象牙之塔"那个词，指摘人们的逃避现实生活的态度。这是在重行估定知识或学术的价值。这种估价得参照理论与应用，现实与历史，政治与教育等等错综的关系来决定。美国也有人如布里治曼相信该由知识阶级来计划领导这世界。但是那需要什么知识呢？知识阶级是不是有这个力量呢？问题真太多了！

　　胜利来了，不幸的我们是"惨胜"。一切都"惨"，研究工作不能例外。生活更是越来越艰难，大家仍然只能嚷着调整待遇，不能专心工作。少数的大学和研究机关，设备也许比抗战中好些，但是单单设备好些不成。何况还是设备贫乏的居多数！学生有公费，固然可以勉强维持生活，但是在这动乱的局面里，还是不能安心读书。他们可要领导起人民来创造一个新中国！这和布里治曼说的领导并不相同。那似乎是专家独占的领导，这些青年人却是自己作为一般人民领导着。应该注意的是他们对于知识或学术的态度。他们要的是什么知识呢？他们喜欢不喜欢学术空气呢？如上文提到的，他们大概不喜欢学术的空气；他们要的是行动的知识，而大学教育里却没有。他们热心于救国，觉得大学里给的知识远水不救近火，似乎大部分没用；可是他们是大学生，不学这些又学什么呢？他们就生活在这矛盾里。一方面战争老没个完，他们照着规定的学了，却比抗战前抗战中更看不到出路。这又是一个矛盾。十来年前上海早就有几位提出"学问无用论"，现在的大学生大概多多少少是觉得"学问无用"的。我知道有些高材的大学生最近或者放弃了学术投身到政治的潮流中去，或者彷徨不安，面对着现实的政治，不忍心钻到象牙塔或是象牙实验室中去。这真是我们学术的损失，然而实逼此，他们的心情是可以谅解的。

有些人说过这时代是第二回的战国时代。战国虽然是动乱时代，然而经济发展，有欣欣向荣之势，所以百家争鸣，学术极盛。照现时这"惨胜"的局面看，我们却想到了三国时代。《魏书·王肃传》裴松之注引鱼豢的《魏略》这么说：

> 从初平之元至建安之末，天下分崩，人怀苟且，纲纪既衰，儒道尤甚。至黄初元年之后，新主乃复始扫除太学之灰炭，补旧石碑之缺坏，备

博士之员录，依汉甲乙以考课。申告州郡，有欲
学者皆遣诣太学。太学始开，有弟子数百人。至
太和青龙中，中外多事，人怀避就；虽性非解
学，多求请太学。太学诸生有千数。而诸博士率
皆粗疏，无以教弟子；弟子本亦避役，章无能习
学，冬来春去，岁岁如是。又虽有精者，而台阁
举格太高，加不念统其大义，而问字指墨法点注
之间。百人回试，度者未十。是以志学之士遂复
陵迟，而末求浮虚者各竞逐也。……嗟夫！学术
沉陨，乃至于是！

这些情形有些也描写了我们的时代，然而不尽同。我
们并不至于"人怀苟且"，"竞逐""浮虚"；那时学术的
中心在一些家族，太学这是个避役所，我们的学术中心还
在大学，这些社会化的大学还在起着领导作用。即使不幸
动乱变成了混乱，大学暂时解体，但是相信和平一恢复，
就会快快复员的。因为什么样的局面都需要大量的领导人
的，训练班和专修科是不能供给这种领导人才的。像鱼氏
描写的"学术沉陨"，我们相信不会到那地步。但是大学
也得明白在这时代的地位和任务，不能一味的襞积细微，

要能够"统其大义",也就是"全体大用"。人们不该还是躲在象牙塔或象牙实验室里,得正视现实的人生,在自己的岗位上促进新的发展,而这也才是做。这种新的学术空气虽然一时不能浓厚起来,却是流通的、澄清的,不至于使我们窒息而死于抱残守阙里。

1947 年 8 月 30 日。

青年与文学

　　青年人爱好文学的很多。多一半不但爱好阅读，也爱好写作。他们常有的问题是：阅读什么？怎样写作？

　　阅读的兴趣大概集中于白话新文学。这又有创作和翻译的分别。似乎还是爱好本国创作的多，因为风土人情到底熟悉些。三十年来新文学作品可读的不少，但是这里先提出鲁迅先生和茅盾先生。他们有《鲁迅自选集》与《茅盾自选集》，可惜这两本书现在似乎没有重印，不容易得着。那么，先读鲁迅先生的《呐喊》与《热风》，茅盾先生的《蚀》（包括《动摇》《幻灭》《追求》三部曲）也好。翻译可以先读古典，如官话《圣经》，傅东华先生译的《奥德赛》与《吉诃德先生传》，曹未风先生译的《莎士比亚全集》，周学普先生或郭沫若先生译的《浮士德》，郭沫若和高地两先生译的《战争与和平》，韦丛芜先生译的《罪与罚》，傅雷先生译的《约翰·克利斯朵夫》。旧小说和古文学也该读。前者可以先读《水浒传》《西游记》《红楼梦》，后者可以先读"言文对照"的《古文观止》和《唐诗三百首》——前一种可以读姚稚翔先生译注的，后一种可以读姚乃麟先生译注的。

写作的兴趣从前似乎集中于纯文学，现在渐渐转向杂文学。这是健全而明智的转变。表现和批评这时代，杂文学的需要比纯文学似乎更大。杂文学是报章与文学的结合，报章显然是大家都要读的。一方面杂文学的写作成就不太难，纯文学却难得多。

1947 年 11 月。

论不满现状

那一个时代事实上总有许许多多不满现状的人。现代以前，这些人怎样对付他们的"不满"呢？在老百姓是怨命，怨世道，怨年头。年头就是时代，世道由于气数，都是机械的必然；主要的还是命，自己的命不好，才生在这个世道里，这个年头上，怪谁呢！命也是机械的必然。这可以说是"怨天"，是一种定命论。命定了吃苦头，只好吃苦头，不吃也得吃。读书人固然也怨命，可是强调那"时世日非""人心不古"的慨叹，好像"人心不古"才"时世日非"的。这可以说是"怨天"而兼"尤人"，主要的是"尤人"。人心为什么会不古呢？原故是不行仁政，不施德教，也就是贤者不在位，统治者不好。这是一种唯心的人治论。可是贤者为什么不在位呢？人们也只会说"天实为之！"这就又归到定命论了。可是读书人比老百姓强，他们可以做隐士，啸傲山林，让老百姓养着；固然没有富贵荣华，却不至于吃着老百姓吃的那些苦头。做隐士可以说是不和统治者合作，也可以说是扔下不管。所谓"穷则独善其身"，一般就是这个意思。既然"独善其身"，自然就管不着别人死活和天下兴亡了。于是老百姓不满现状而忍下去，读书人不满现状而避开去，结局是维持现状，让统治者稳坐江山。

但是读书人也要"达则兼善天下"。从前时代这种"达"就是"得君行道"；真能得君行道，当然要多多少少改变那自己不满别人也不满的现状。可是所谓别人，还是些读书人；改变现状要以增加他们的利益为主，老百姓只能沾些光，甚至于只担个名儿。若是太多照顾到老百姓，分了读书人的利益，读书人会得更加不满，起来阻挠改变现状；他们这时候是宁可维持现状的。宋朝王安石变法，引起了大反动，就是个显明的例子。有些读书人虽然不能得君行道，可是一辈子憧憬着有这么一天。到了既穷且老，眼看着不会有这么一天了，他们也要著书立说，希望后世还可以有那么一天，行他们的道，改变改变那不满人意的现状。但是后世太渺茫了，自然还是自己来办的好，那怕只改变一点儿，甚至于只改变自己的地位，也是好的。况且能够著书立说的究竟不太多；著书立说诚然渺茫，还是一条出路，连这个也不能，那一腔子不满向那儿发泄呢！于是乎有了失志之士或失意之士。这种读书人往往不择手段，只求达到目的。政府不用他们，他们就去依附权门，依附地方政权，依附割据政权，甚至于和反叛政府的人合作；极端的甚至于甘心去做汉奸，像刘豫、张邦昌那些人。这种失意的人往往只看到自己或自己的一群的富贵荣华，没有原则，只求改变，甚至于只求破坏——他们好在浑水里捞鱼。这种人往往少有才，挑拨离间，诡计多端，可是得依附某种权力，才能发生作用；他们只能做俗话说的"军师"。统治者却又讨厌又怕这种人，他们是捣乱鬼！但是可能成为这种人的似乎越来越多，又杀不尽，于是只好给些闲差，给些干薪，来绥靖他们，吊着他们的口味。这叫做"养士"，为的正是维持现状，稳坐江山。

　　然而老百姓的忍耐性，这里面包括韧性和惰性，虽然很大，却也有个限度。"狗急跳墙"，何况是人！到了现状坏到怎么吃苦还是活不下去的时候，人心浮动，也就是情绪高涨，老百姓本能的不顾一切的起来了，他们要打破现状。他们不知道怎样改变现状，可是一股子劲先打破了它再说，想着打破了总有希望些。这种局势，规模小的叫

"民变"，大的就是"造反"。农民是主力，他们有他们自己的领导人。在历史上这种"民变"或"造反"并不少，但是大部分都给暂时的压下去了，统治阶级的史官往往只轻描淡写的带几句，甚至于削去不书，所以看来好像天下常常太平似的。然而汉明两代都是农民打出来的天下，老百姓的力量其实是不可轻视的。不过汉明两代虽然是老百姓自己打出来的，结局却依然是一家一姓稳坐江山；而这家人坐了江山，早就失掉了农民的面目，倒去跟读书人一鼻孔出气。老百姓出了一番力，所得的似乎不多。是打破了现状，可又复原了现状，改变是很少的。至于权臣用篡弑，军阀靠武力，夺了政权，换了朝代，那改变大概是更少了罢。

过去的时代以私人为中心，自己为中心，读书人如此，老百姓也如此。所以老百姓打出来的天下还是归于一家一姓，落到读书人的老套里。从前虽然也常说"众擎易举"，"众怒难犯"，也常说"爱众"，"得众"，然而主要的是"一人有庆，万众赖之"的，"天与人归"的政治局势，那"众"其实是"一盘散沙"而已。现在这时代可改变了。不论叫"群众"，"公众"，"民众"，"大众"，这个"众"的确已经表现一种力量；这种力量从前固然也潜在着，但是非常微弱，现在却强大起来，渐渐足以和统治阶级对抗了，而且还要一天比一天强大。大家在内忧外患里增加了知识和经验，知道了"团结就是力量"，他们渐渐在扬弃那机械的定命论，也渐渐在扬弃那唯心的人治论。一方面读书人也渐渐和统治阶级拆伙，变质为知识阶级。他们已经不能够找到一个角落去不闻理乱的隐居避世，又不屑做也幸而已经没有地方去做"军师"。他们又不甘心做那被人"养着"的"士"，而知识分子又已经太多，事实上也无法"养"着这么大量的"士"。他们只有凭自己的技能和工作来"养"着自己。早些年他们还可以暂时躲在所谓象牙塔里。到了现在这年头，象牙塔下已经变成了十字街，而且这塔已经开始在拆卸了。于是乎他们恐怕只有走出来，走到人群里。大家一同苦闷在这活不下去的现状之中。如果这不满人意的现状老不改变，大家恐怕忍不住要联合起来动手打破它的。重要的是打破之后改变成什么样子？这真是个空前的危疑震撼的局势，我们得提高警觉来应付的。

1947 年 12 月。

论且顾眼前

　　俗语说，"火烧眉毛，且顾眼前。"这句话大概有了年代，我们可以说是人们向来如此。这一回抗战，火烧到了每人的眉毛，"且顾眼前"竟成了一般的守则，一时的风气，却是向来少有的。但是抗战时期大家还有个共同的"胜利"的远景，起初虽然朦胧，后来却越来越清楚。这告诉我们，大家且顾眼前也不妨，不久就会来个长久之计的。但是惨胜了，战祸起在自己家里，动乱比抗战时期更甚，并且好像没个完似的。没有了共同的远景；有些人简直没有远景，有些人有远景，却只是片段的，全景是在一片朦胧之中。可是火烧得更大了，更快了，能够且顾眼前就是好的，顾得一天是一天，谁还想到什么长久之计！可是这种局面能以长久的拖下去吗？我们是该警觉的。

且顾眼前，情形差别很大。第一类是只顾享乐的人，所谓"今朝有酒今朝醉"。这种人在抗战中大概是些发国难财的人，在胜利后大概是些发接收财或胜利财的人。他们巧取豪夺得到财富，得来的快，花去的也就快。这些人虽然原来未必都是贫儿，暴富却是事实。时势老在动荡，物价老在上涨，倘来的财富若是不去运用或花消，转眼就会两手空空儿的！所谓运用，大概又趋向投机一路；这条路是动荡的，担风险的。在动荡中要把握现在，自己不吃亏，就只有享乐了。享乐无非是吃喝嫖赌，加上穿好衣服，住好房子。传统的享乐方式不够阔的，加上些买办文化，洋味儿越多越好，反正有的是钱。这中间自然有不少人享乐一番之后，依旧还我贫儿面目，再吃苦头。但是也有少数豪门，凭借特殊的权位，浑水里摸鱼，越来越富，越花越有。财富集中在他们手里，享乐也集中在他们手里。于是富的富到三十三天之上，贫的贫到十八层地狱之下。现在的穷富悬殊是史无前例的；现在的享用娱乐也是史无前例的。但是大多数在饥饿线上挣扎的人能以眼睁睁白供养着这班骄奢淫逸的人尽情的自在的享乐吗？有朝一日——唉，让他们且顾眼前罢！

　　第二类是苟安旦夕的人。这些人未尝不想工作，未尝不想做些事业，可是物质环境如此艰难，社会又如此不安定，谁都贪图近便，贪图速成，他们也就见风使舵，凡事一混了之。"混事"本是一句老话，也可以说是固有文化；不过向来多半带着自谦的意味，并不以为"混"是好事，可以了此一生。但是目下这个"混"似乎成为原则了。困难太多，办不了，办不通，只好马马虎虎，能推就推，不能推就拖，不能拖就来个偷工减料，只要门面敷衍得过就成，管它好坏，管它久长不久长，不好不要紧，只要自己不吃亏！从前似乎只有年纪老资格老的人这么混。现在却连许多青年人也一道同风起来。这种不择手段，只顾眼前，已成风气。谁也说不准明天的事儿，只要今天过去就得了，何必认真！认真又有什么用！只有一些书呆子和准书呆子还在他们自己的岗位上死气白赖的规规矩矩的工作。但是战讯接着战讯，越来越艰难，越来越不安定，混的人越来越多，靠这一些书呆子和准书呆子能够撑得住吗？大家老是这么混着混着，有朝一日垮台完事。蝼蚁尚且贪生，且顾眼前，苟且偷生，这心情是可以了解的；然而能有多长久呢？只顾眼前的人是不想到这个的。

第三类是穷困无告的人。这些人在饥饿线上挣扎着，他们只能顾到眼前的衣食住，再不能够顾到别的；他们甚至连眼前的衣食住都顾不周全，那有工夫想别的呢？这类人原是历来就有的，正和前两类人也是历来就有的一样，但是数量加速的增大，却是可忧的也可怕的。这类人跟第一类人恰好是两极端，第一类人增大的是财富的数量，这一类人增大的是人员的数量——第二类人也是如此。这种分别增大的数量也许终于会使历史变质的罢？历史上主持国家社会长久之计或百年大计的原只是少数人；可是在比较安定的时代，大部分人都还能够有个打算，为了自己的家或自己。有两句古语说，"一年之计在于春，一日之计在于晨"，这大概是给农民说的。无论是怎样的穷打算，苦打算，能有个打算，总比不能有打算心里舒服些。现在确是到了人人没法打算的时候；"一日之计"还可以有，但是显然和从前的"一日之计"不同了，因为"今日不知明日事"，这"一日"恐怕真得限于一日了。在这种局面下"百年大计"自然更谈不上。不过那些豪门还是能够有他们的打算的，他们不但能够打算自己一辈子，并且可以打算到子孙。因为即使大变来了，他们还可以溜到海外做寓公去。这班人自然是满意现状的。第二类人虽然不满现状，却也害怕破坏和改变，因为他们觉着那时候更无把握。第三类人不用说是不满现状的。然而除了一部分流浪型外，大概都信天任命，愿意付出大的代价取得那即使只有丝毫的安定；他们也害怕破坏和改变。因此"且顾眼前"就成了风气，有的豪夺着，有的鬼混着，有的空等着。然而还有一类顾眼前而又不顾眼前的人。

我们向来有"及时行乐"一句话，但是陶渊明《杂诗》说，"及时当勉励，岁月不待人"，同是教人"及时"，态度却大不一样。"及时"也就是把握现在；"行乐"要把握现在，努力也得把握现在。陶渊明指的是个人的努力，目下急需的是大家的努力。在没有什么大变的时代，所谓"百世可知"，领导者努力的可以说是"百年大计"；但是在这个动乱的时代，"百年"是太模糊太空洞了，为了大家，至多也只能几年几年的计划着，才能够踏实的努力前去。这也是"及时"，把握现在，说是另一意义的"且顾眼前"也未尝不可；"且顾眼前"本是救急，目下需要的正是救急，不过不是各人自顾自的救急，更不是从救急转到行乐上罢了。不过目下的中国，连几年计划也谈不上。于是有些人，特别是青年代，就先从一般的把握现在下手。这就是努力认识现在，暴露现在，批评现在，抗议现在。他们在试验，难免有错误的地方。而在前三类人看来，他们的努力却难免向着那可怕的可忧的破坏与改变的路上去，那是不顾眼前的！但是，这只是站在自顾自的立场上说话，若是顾到大家，这些人倒是真正能够顾到眼前的人。

1948 年 1 月 17 日。

论意义

　　从前朱子和人论诗，说诗有两重意思，他说一般人只看得字面的意思，却忽略了字里行间的意思，因此就不能了解诗。朱子所谓意思，我们在这儿称为意义：而这儿的意义，只指语言文字的意义而言。朱子说的两重意义，其实不独诗如此，一般文字语言都有这种情形。就拿日常的应酬话来看：比方你进小馆儿吃饭，看见座上有一个认识的人，你向他点一个头说："来吃饭？"他也回点一个头，回答一声"唉，唉"。于是彼此各自吃饭了事，他明明是来吃饭，还要问岂不是废话？可是这种废话得说，假使要表示好感的话。对于一个认识的人，有时候只要点点头就成，有时候还得说一两句废话。这种废话并无意思，只不过表示相当的好感就是了。例如"来吃饭？"这句问话，并不是为的要知道那人是不是来吃饭，而只是理他一下。

平常见人说"天气好"，也并不是真的关心天气，也只是理他一下。再说，有一回有人在报上批评别人的文章"不通"，因此引起一场笔墨官司。这个人后来说，说"还得斟酌""不大妥当"，其实和"不通"还不是一样！其实不一样！说话人的用意也许一样，听话的人反应却不一样。"还得斟酌"最客气，"不大妥当"次之，"不通"最不客气。这三句话表现的情感不一样。假使那些批评者最初用的是"还得斟酌"一类话，那场笔墨官司也许就不会起来了。有人提出过"骂人的艺术"的名字，骂人真也有艺术的。

英国有一位吕恰慈教授分析意义；他说意义可以包括四个项目：一是文义。例如"来吃饭？"二是情感。例如说"来吃饭？"这句话，自己感到不是求知而是应景。三是口气。例如在熟朋友面前批评一个生人，有时也许可以说"不通"，但在生人面前，就该斟酌的说"还得斟酌"了。四是用意。例如说"天气好"，用意只在招呼人，说"不通"用意真在不客气的骂人。意义只限文义的话如"二加二等于四"之类，是叙说语；加上别的项目便是暗示语。暗示语将语言文字当作符号，表示情感。如主人给你倒杯茶，你说"磕头磕头"，这只是表示谢意。又如"要命！"

表示着急或讨厌，"杀了我也不信！"表示不信。这些话都不能咬文嚼字的死看，只当作情感的符号才能领会意义所在。更明显的如"万死不辞"，表示忠诚负责；这"万"字是强调的符号，死看便讲不通了。叙说语和暗示语的意义都得看上下文跟背景而定。如"吃过饭没有？"是一句普通应酬话，表示好感的。但是假使你在吃饭的时候到一个熟朋友家去，他问你"吃过饭没有？"那就是真的问话，那就是叙说语不是暗示语了。暗示语的意义，尤其得靠着上下文和背景，才能了然。例如"不知天高地厚"这句话本是说人家不懂事，表示不满意。有人直译成英文，外国人只看字面，只凭文义，简直莫名其妙。他们说，我们谁也不知道天多高地多厚啊，怎么能够拿这件事情责备人呢？这就是不明白原语的背景的缘故，如"这野杂种的景致简直是画！""沈石田这狗养的，强盗一样大胆的手笔！"前一句称赞风景的美，后一句称赞沈石田的画笔。上文说"朋友口中糅合了雅兴与俗趣，带点儿惊讶嚷道"，若没有这点交代，这两句话就未免突兀了。

平常的语言文学里叙说语少而暗示语多，人生到底用情感时多，纯粹用理智时少。普通的暗示语如上文所举的大部分，因为常在口头笔下，意义差不多已经人人皆知，但是比较复杂而非习见习闻的就得小心在意才会豁然贯通。有些马虎的人往往只看字面，那会驴头不对马嘴的。《韩非子》里说宋人读书，看见"绅之束之"一句话，便在身上系了两条带子。人家问他为什么左一条带子右一条带子的。他回答："书上这么说来着。"他没有看出书上那句话是个比喻，是告诉人怎样做人的，不是告诉人怎样穿衣服的。这也许是个极端的例子，但是古今这一类例子也不在少处。不过意义复杂的语言文字也只是复杂些罢了，分析起来也不外上文所说的四个项目，其中并没有什么神秘的玩意儿。粗心大意固然不可，目瞪口呆也不必尔尔。仔细去分析，总可以明白的。复杂的意义大概寄托在语句格式或者比喻或者抽象语意。一般人只注意比喻；其实别的两项也够麻烦的，而抽象语更其如此。一般人注意比喻，是因为诗离不了比喻，而诗向来是难懂的。但是就是诗，难懂处也并不全在比喻，语句格式足以迷惑人，决不在比喻之下。抽象语一向以为是属于理智的，可是现在有些人以为也是属于情感的；他们以为玄学也和笑、抒情诗、音乐一般，我们现在分别从辞令、诗、玄学三方面看，看复杂的意义是怎样用这三项工具构成的。

辞令里有所谓外交的否定语。如"不会妨碍这组织的成立"，"不会讨厌它"，"不至于不能接受这个"，"不是不足以鼓励人的"。这些话的用意是不积极答应什么，不落什么话柄在人手里，最显明的是"不知道"，政治家外交家几乎当做口头禅，因为那是最令人无可奈何的一句话。此外如《富兰克林自传》说的：

> 惟措辞谦逊，习惯尚存；有所争辩，不用"确然""无疑"或其他稍涉独断之辞，宁谓"予思其如是如是""觉其如是如是"或"以是因缘，予见其如是"，"予料其如是""使予非谬，此殆如是"而已，予信此习惯于予之诲人及时时劝人从己所唱之法皆所利甚多。谈论之要在于教人，求教，悦人，劝人，愿明达之士慎勿以独断自是之风招怨树敌，转减却劝人为善之效，使天赋吾人以为授受知识乐利之资者失其功用也。

伍尔夫说"或者""我想"等可以限制人类无知的仓促的假定，更可以助人含混说出一些意见，有些事不便说尽，还是暗示的好。此外如"假使""但是"也可作语言的保障：如"假如——这是很大的一个假如——美国与中国真正取同一阵线的话","我是一个共产党，但是""单四嫂子是一个粗笨女人，不明白这'但'字的可怕；许多坏事固然幸亏有了他才变好，许多好事却也因为有了他都弄糟","不幸的，木偶的一生，老是一个'但是'在作怪"，又如"不可形容"一语有种种之变化。

论白话

陆志韦先生在《目前所需要的文字改革》那篇文里（本刊《观察》四卷九期）说到"风行一时的是'八不像'的白话文"。"八不像"是：

> 不死不活的，不文不白的，
>
> 不南不北的，不中不西的。

他教我们学白话文"必得跟说白话的老百姓学"，"得学京油子的北平话"。抗战期间陈梦家先生有《怎样写白话》一篇文（昆明《中央日报》，二十八年十一月一日），反对"伪白话文"或"假欧化语"，主张用旧小说"和活人的白话做我们写白话的范本"，跟陆先生的意思差不多，只是没有确定"得学京油子的北平话"。陆先生的文章发表后，刘学濬先生又有一篇《汉字的改革》（本刊四卷十六期），写的是道地的北平话，前大半篇是对陆先生的意见的讨论。他说：

> 白话文这东西是个工具。他得受使唤才行。
> 眼下白话文用在说不清有多少方面。如果光拿京
> 油子那一套辞汇去对付，那那能够办得到。

他"觉得白话应当是'北平话教育化'"。

这些讨论教我们想到英语的类似的动向。蔡士侯先生介绍过美国弗来希的《白话艺术》（Rudolf glesh, ph. D. *The Art of plari Jalk*）（本刊二卷四期《英文的中国化》）。弗来希说，现在要找寻那明白晓畅的言谈，是不容易了。他所谓"白话"，就是说得最清楚、最容易使人了解的那种语言。他说：

> "白话"是人民的语言。正如同我们中国的
> 白话文从旧式的文言文中解放出来一样，它能够
> 使文字简洁明白，为大众所接受。

一方面金隄先生提到英国绅士近年来也为"语"与"文"的问题伤脑筋（《当世作家》，书评，三十七年七月十一日天津《大公报·星期文艺》），但是他提到的《当世作家》的编者费尔泼斯（Gilbest phelps）的问题，"跟我们的问题刚刚相反"：

> 我们是努力要把"文"拉近"语"，他却是责备有些无线电工作者把无线电上的语言——因此就是一般的口语——演化成另一种语言，跟"文"脱节；他希望无线电能起十八世纪伦敦咖啡馆的作用，润饰口语，使它接近文体，或者不如说，两头拉，使"语"与"文"糅合。

金先生紧接着说：这一点值得我们参考：

> 文字迂腐固然与现实脱节，失了它的价值，而完全迁就口语，甚至迁就它的模糊与拖沓，也未免矫枉过正。"白话运动"应该是两方面动的，一方面笔下的"文"力求近于口中的"话"，另一方面"话"也该尽量取得精确、生动与"文"

中一切优良的品质。

笔者也有过类似的"两头拉"或"两方面动"的主张，但是现在最感兴趣的是英语的口语化或白话化的动向。还有，金先生介绍的费尔泼斯的讨论简直跟陆、刘两位先生的讨论一模一样似的。

不过仔细一看，到底不同。金先生说得明白，《当世作家》里面的：

> 十二篇论文原先都是不列颠广播公司办的无
> 线电演讲词。口语的条件和时间的限制（每次演
> 讲约占二十分钟），拨开了冗长的可能性——一
> 篇篇都小巧可喜，读来绝不令人心烦。

英语的口语化或白话化的要求或动向，看来是跟着无线电广播的发达和普及来的。这是高度工业化或机械化的结果，跟中国的情形绝非一模一样。笔者曾经在一位朋友那里见到美国的自动记音机，还亲自试用过。那真方便，当下就能够听到自己刚才说过的话。这位朋友带回这个和手提打字机差不多大小的记音机，是预备给病着的太太做

诗做文章用的，她只要嘴说，别人可以照抄下来。他想这样做出来或说出来的诗文一定会另有一种新的风格的。但是从"写"文章改到"说"文章，需要很大的努力和长久的练习，她暂时还不能利用这个机器。不过有人告诉笔者，美国已经有人拿这种音片代替通信，当然收信人也得备有记音机才成。记音机得美金三百元左右，但是音片很便宜，小的只要美金四分钱一张。这种东西将来不久在美国也许会普及到像打字机那样，可是在中国无线电广播的收听还只限于极少数玩得起收音机的人，这种记音机通行的日子更是渺茫了。我们的白话文口语化或白话化的要求是另有契机的。